AF234825

**Bei BoD sind von Peter Mühlhauser-Trois bereits er-
schienen:**

Semual Khan und das Rad der Zeit (Band 1)
Japhet Morsus und das Buch ins Leben (Band 2)
Helga Ham und das Medaillon von Sevilla (Band 3)

Semual Khan, Japhet Morsus und Helga Ham

Der Autor

Peter Mühlhauser-Trois, Jahrgang 1983, ist diplomierter Gesundheits- und Krankenpfleger und lebt mit seinem Sohn in der Nähe von Graz. Die „Sem"-Tetralogie ist seine erste Romanreihe. Neue Projekte befinden sich bereits in Arbeit.

Peter Mühlhauser-Trois

SEMUAL KHAN, JAPHET MORSUS
UND HELGA HAM
und die Arche Bojan

Bibliografische Information der Deutschen Nationalbibliothek: Die Deutsche Nationalbibliothek verzeichnet diese Publikation in der Deutschen Nationalbibliografie, detaillierte bibliografische Daten sind im Internet über http://dnb.d-nb.de abrufbar.

Herstellung und Verlag:
BoD – Books on Demend, Norderstedt

ISBN: 9783754341919

Jede Reise hat ein Ende, aber die Erinnerung daran ist unvergänglich.

Autor unbekannt

Sem

Es hatte durchaus Vorteile, tot zu sein. Sem leugnete das nicht. Er brauchte sich um viele Dinge nicht mehr kümmern. Essen, Trinken, Schlafen, Waschen, Zähneputzen. Alles kein Thema. Seine Zähne blieben ohne Pflege gesund, seine Kleider sauber, auch wenn er sich im Dreck wälzte.

Verschlossene Türen stellten kein Hindernis dar. Er konnte einfach hindurch spazieren.

Trotzdem ...

Nach fast einem Jahr hatte er sich immer noch nicht daran gewöhnt, ein Geist zu sein.

Kein Wunder, dass Helga mit der Situation überfordert war. Schließlich wusste sie es erst seit ein paar Minuten.

»Ich verstehe das nicht, ich habe an deinem Grab geweint« sagte sie.

»Das war okay. Ich bin tot.«

Sie schüttelte den Kopf. »Und dennoch kann ich dich sehen, mit dir reden, dich ... Okay, berühren kann ich dich nicht, aber das heißt nicht, dass ich nichts gespürt habe, als ich dir in die Arme gefallen bin.«

»Eigentlich bist du zu Boden gefallen«, mischte sich Japhet ein.

Helga blitze ihn giftig an. »Warum hast du nichts gesagt?«

»Ähm, das wollte ich, aber ...«

»Das meinte ich nicht«, sagte Helga. Sem wusste genau, was sie meinte. Sie hätten ihr früher erzählen müssen, was los war.

»Es ist meine Schuld«, sagte er. »Japhet wollte dir schreiben, aber ich habs ihm verboten.«

»Warum?«, fragte sie.

»Du hättest ihm nicht geglaubt. Nicht ohne mich zu sehen. Es dauerte schon ewig, Japhet zu überzeugen, kein Hirngespinst zu sein. Und er ist ein Zauberer.«

»Also sooo lange hab ich auch nicht gebraucht«, sagte Japhet.

»Ach nein? Wie waren noch gleich deine Worte: *Verschwinde, verschwinde, hau ab, du bist nicht echt, nicht echt.*«

Japhet wurde rot.

Helga starrte an die Decke. »Vielleicht hast du recht.« Sie trat näher an Sem. Taxierte ihn. Von oben nach unten, von unten nach oben. »Erklärst du es mir jetzt?«

»Es ist ... es war, als weigerte sich ein Teil von mir, ins Licht zu gehen«, sagte Sem.

»Du hast das Licht gesehen?«, fragte Helga.

»Ich stand praktisch schon drinnen. Als ich die Stimmen meiner Eltern hörte. Sie haben mir zugewunken und dann geschrien, ich solle umkehren.«

Helga sah Sem in die Augen. »Dann erinnerst du dich wieder an deine Eltern?«

Er schüttelte den Kopf. »Nein. Ich dachte es, aber dann habe ich *deine* Stimme gehört. Und die von Japhet. Das Licht verschwand und ich war wieder hier.«

»Dann weißt du immer noch nicht, wer der Mann war, der dich getötet hat?« Sie klang aufgebracht. Als wollte sie etwas loswerden, das unter ihrer Zunge brannte.

»Warum fragst du das jetzt?«, fragte Sem.

»Ich habe ihn wiedergetroffen«, platzte Helga heraus.

»Was?«, rief Japhet. Sem starrte sie an. Der Mann, der für seinen Tod verantwortlich war, lebte noch? Der war doch mit dem Traktor in einen Fluss gestürzt und ertrunken.

»Er kam vor ein paar Monaten in meine Schule«, erzählte Helga. »Hat sich dort als Lehrer ausgegeben. So gut verkleidet, dass ich ihn nicht erkannt habe.«

»Hä!?«, machte Japhet.

»Glaub mir, du hättest ihn auch nicht erkannt. Mit dieser Perücke, der dunklen Brille und dem falschen Schnauzer.«

»Was wollte er von dir?« Sem hatte nie verstanden, warum sich ein Mann als sein Vater ausgegeben und ihn vergiftet hatte. Monatelang hatte er sich darüber den Kopf zermartert. Kannte Helga endlich die Antwort?

Sie sah ihn entschuldigend an. »Ich weiß nicht, warum dich dieser Mann umgebracht hat. Er hat es mir nicht verraten.«

Sem seufzte. »Was ist passiert?«

»Er wollte auch mich töten.«

Sem blieb der Mund offen stehen. Sein Tod hatte etwas mit seiner Vergangenheit zu tun. Irgendetwas musste er getan haben, um den Zorn des Mannes auf sich zu ziehen. Doch warum jetzt auch Helga? Wie passte sie in das Bild? Was hatten sie gemeinsam?

»Wollte er dich auch vergiften?«, fragte Japhet.

»Zuerst schon.«

»Was soll das heißen?«

»Er war sehr einfallsreich. Am Ende hat er mich in sein Auto gesperrt und es auf Gleise geparkt. Dann kam der Zug.«

Sem und Japhet starrten sie an. »Und das hast du überlebt?«

»Ich hatte Hilfe. Ein Junge aus der Schule. Jan.«

»Jan?« Sem entging nicht, dass Helga rot anlief.

Sie griff schnell zu ihrem Medaillon und hielt es Japhet vor die Nase. »Erinnerst du dich daran?«

Japhet runzelte die Stirn. »Das habe ich dir geschenkt, als wir in der Stadt waren. Was ist damit?«

»Hat mir einen Wunsch erfüllt.«

Sem tat einen Schritt nach vorne. »Sag das nochmal!« Er starrte auf das Medaillon.

Japhet griff danach und klappte es auf. Ein kleines verblasstes Foto von Helgas Familie fiel heraus und segelte zu Boden.

»Pass auf!« Helga bückte sich, um es aufzuheben. »Es funktioniert bei jedem nur ein Mal.« Helga war anzusehen, dass sie noch mehr Wünsche gehabt hätte. Auch Sem fielen ein paar ein. Zuallererst würde er wissen wollen, wer er eigentlich war. Doch als Geist würde er das Medaillon nicht benutzen können.

»Und das ist wirklich wahr?«, fragte Japhet, den Blick immer noch auf das Medaillon gerichtet. Er wandte sich an Sem. »Und ich dachte *unser* Schuljahr war aufregend. Hey, was hältst du davon, wenn ich mir wünsche, dass du wieder ein Mensch wirst.«

»Das geht nicht«, sagte Helga, ehe Sem darüber nachdenken konnte. »Es kann keine Toten wiedererwecken.«

Sem ließ sich nicht anmerken, wie enttäuscht er war. »Was denn sonst?«, fragte er deshalb schnell.

Die Tür ging auf und Rafik stürzte in die Bibliothek. Sem sprang hinter eines der Bücherregale.

Rafik starrte einen Moment darauf und runzelte die Stirn.

»Ist was?«, fragte Japhet.

»Yeah, einen Moment dachte ich ...« Rafik schüttelte den Kopf. »Nee, unmöglich.« Er wandte sich an Helga. »Pater Pius will endlich mit der Zimmeraufteilung beginnen.«

»Ist doch noch gar nicht spät«, maulte Japhet.

»Nein, aber wenn er beim nächsten Hustenanfall draufgeht, ist das deine Schuld.« Er drehte sich um und ging.

Sem trat durch das Bücherregal. »Das war knapp. Wir müssen besser aufpassen.«

»Zunächst einmal müssen wir ihm folgen«, sagte Helga.

Sem nickte. Er streckte Japhet den Kopf entgegen. »Wenn du so freundlich wärst.«

Japhet zog ihm das Halsband über den Schädel. Kurz bevor Helga kam, hatte er es ihm umgelegt.

»Nicht doch«, stammelte Helga, als er sich vor ihren Augen auflöste.

Helga

»Ohne Halsband ist Sem unsichtbar«, erklärte Japhet beiläufig, als sie in die Meranhalle liefen.

»Habe ich bemerkt«, sagte Helga.

Sie hatte keine Ahnung, ob ihnen Sem folgte. Wahrscheinlich, denn Japhet drehte sich mehrmals zu ihm um. Konnte er ihn trotzdem sehen, weil er ein Zauberer war? Oder lag es an etwas anderem?

In der Meranhalle hatten sich bereits sämtliche Kinder eingefunden und mehrere Reihen gebildet. Helga und Japhet stellten sich dazu und warteten auf Pater Pius' Rede.

»Wie ich sehe, sind wir vollzählig«, sagte er in diesem Moment. »Schön, dass ihr alle von den Internaten zurückgekehrt seid.«

Wohin sollten sie sonst gehen? Sie konnten über die Sommerferien nicht dortbleiben.

»Wenn ihr nichts dagegen habt, will ich gleich mit der Zimmereinteilung beginnen.« Pater Pius fuhr sich unentwegt über seine Kutte. Schweiß perlte auf seinem blauen Gesicht. Er sah von Mal zu Mal schlechter aus.

»Ihr werdet in diesem Sommer enger zusammenrücken müssen als in den letzten Jahren, da wir sehr viele Neuzugänge hatten. Zudem können zwei Zimmer aufgrund Schimmelbefall nicht belegt werden.«

Das Murren setzte augenblicklich ein. Vor allem Albine kippte bei dem Wort *Schimmel* fast um. Helga stupste sie von der Seite. »Wird schon nicht so schlimm sein«, sagte sie, da sie wusste, dass Albine unter Hypochondrie litt.

14

»Ruhe.« Pater Pius unterdrückte einen Hustenanfall und klatschte in die Hände. »Ihr werdet nicht wegen der zwei Monate zum Streiten anfangen.« Er wartete, bis es still war, und begann dann mit der Zimmereinteilung.

Helga horchte auf, als er ihren Namen nannte - zusammen mit Patricias Namen.

Toll! Reichte es nicht, sie ihm Adele Baumgartner Internat um sich zu haben? Japhet nickte ihr aufmunternd zu. War er auch schon aufgerufen worden? Und wo schlief Sem? Musste der überhaupt schlafen? Da fiel Japhets Name. Pater Pius steckte ihn mit Hector in ein Zimmer.

Helga riss die Augen auf.

Sie musste sich verhört haben!

Hector! Der dabei war in Nicks Fußstapfen zu treten. Nick hatte Japhet jahrelang gequält.

Was dachte sich Pius dabei? Die würden sich gegenseitig umbringen! Sie schielte zu Japhet. Der biss die Zähne zusammen.

»Vielleicht ...«, sagte sie, doch Japhet wandte sich ab.

»Das war's fürs Erste. Ihr könnt gehen«, sagte Pater Pius. »Wir sehen uns beim Mittagessen. In sauberen Klamotten«, fügte er hinzu.

Selbstverständlich, denn die Direktoren der einzelnen Internate waren wie immer auch eingeladen, mit ihnen zu speisen.

Die Versammlung löste sich auf. Helga wartete einen Moment, dann fragte sie Japhet: »Ist Sem hier?«

»Nicht so laut«, zischte Japhet, nickte dann aber. »Steht neben mir.«

Helga kniff die Augen zusammen.

»Bemüh' dich nicht. Ohne Halsband ist es unmöglich ...«

»Dann lass uns irgendwo hingehen, wo ...«

Pius' Hand landete auf Helgas Schulter. »Ich würde gerne unter vier Augen mit dir sprechen.«

Sie runzelte die Stirn. Warum das denn? Was konnte der Schulvorsteher von ihr wollen?

Sie starrte Japhet an. Der zuckte die Schultern.

»Sofort!«, sagte Pater Pius.

Widerwillig ging sie mit.

Er führte sie in sein Büro. Schloss die Tür und zeigte auf eine Chaiselongue neben seinem Schreibtisch. Helga nahm auf dem gepolsterten Ungetüm Platz. Ihr wurde schlagartig bewusst, dass sie noch nie da gewesen war. Sie sah sich unauffällig um. Unglaublich. Das Büro entsprach so gar nicht ihren Vorstellungen. Pius war ein Sammler. Sämtliche Regale waren vollgestopft. Mit Lindefiguren von Karl May, Streichholzbriefchen, Steinen und tausend Bibeln. Am merkwürdigsten aber waren die Asterix-Hefte, die über seinem gesamten Schreibtisch ausgebreitet lagen und abgesehen von einem blauen Telefon für nichts anderes Platz ließen.

»Ich hörte, was im Internat passiert ist«, sagte er ohne Umschweife.

»Das war ...«

Pius brachte sie mit einer Handbewegung zum Schweigen. Er knallte ihr eine Zeitung auf den Schoß. »Was hat dein Foto auf der Titelseite dieses Klatschblattes zu suchen?«

Helga verzichtete darauf, die Zeitung anzusehen. Sie kannte das Bild. Kannte die Lügen, die darin verzapft wurden.

»Das hat sich alles aufgeklärt«, sagte sie nur.

Pater Pius seufzte. »Ich muss also nicht damit rechnen, dass die Polizei hier auftaucht und unangenehme Fragen stellt?«

Sie zuckte die Schultern. »Glaube nicht.«

»Nach den Vorkommnissen im letzten Jahr kann sich das Kloster keinen weiteren Skandal leisten.«

Als könnte sie etwas dafür, dass Christopher verletzt wurde und Sem gestorben war.

»Ich will hier endlich wieder so etwas wie Normalität.«

Helga nickte. »Das wünsche ich mir auch.«

»Nun gut, dann gibt es nichts weiter zu sagen.«

Sie starrte ihn perplex an. Und dafür hatte er sie extra hierher mitgenommen? Helga stand auf und huschte aus dem Büro. Sie schlug den schnellsten Weg zur Meranhalle ein. Bis Mittag dauerte es nicht mehr lange und sie wollte unbedingt nochmal mit Sem sprechen. Sie bog um die Ecke und hätte fast Albine über den Haufen gerannt. Die stand vor dem Durchgang, der zu den Stallungen führte. Immer wieder schlug sie mit dem Kopf gegen die Wand. Die Haare sahen aus, als hätte sie sie mit einer Gabel frisiert, die sie in eine Steckdose gesteckt hatte.

»Alles okay?« Helga berührte ihre Schulter.

Albine fuhr herum und riss die Augen auf. Hinter riesigen Brillen glotzte sie sie an. Sie hatte dunkle Ringe um die Augen, als hätte sie seit Tagen nicht geschlafen. Die

Pupillen waren trotz der dicken Brillengläser kleiner als sonst, dafür war ihre Netzhaut feuerrot.

»Hau ab!«, rief Albine.

»Was ist los?«

»Ich kann das nicht. Nein, ich *will* das nicht! Zwing mich nicht dazu. Bitte!«

Helga drehte sich im Kreis. »Redest du mit mir?«

»Lalalala«, schrie Albine. Sie hielt sich die Ohren zu.

Sie war schon immer eigenartig gewesen. Aber das hier war anders.

»Wenn ich dir irgendwie helfen kann ...«, sagte Helga.

Albines Singsang wurde nur noch lauter. Sie starrte an Helga vorbei. Fixierte einen Punkt hinter ihr. War da was?

Albine begann zu weinen. »Lass mich in Ruhe! Lasst mich doch alle in Ruhe!« Mit diesen Worten ließ sie Helga stehen, bog um die Kurve und weg war sie.

Japhet

Japhet wartete, bis alle die Meranhalle verlassen hatten, dann ging er mit Sem die riesige Wendeltreppe nach oben. Jeder Schritt fühlte sich eigenartig an. Es war merkwürdig, wieder hier zu sein.

»Ist doch gut gelaufen«, sagte Sem plötzlich. »Die Sache mit Helga, meine ich. Sie hat es gut aufgenommen, mich wiederzusehen.«

Japhet drehte sich herum, vergewisserte sich, dass ihn niemand beobachtete. Keiner sollte hören, wie er Selbstgespräche führte.

Außer Leanne und Carl, die ein paar Stufen vor ihnen Hand in Hand nach oben schlenderten, war niemand zu sehen. Gingen die immer noch miteinander? Er wartete, bis sie weg waren, dann sagte er: »Helga hatte ja auch ein Jahr Zeit, um über deinen Tod hinwegzukommen. Im Gegensatz zu mir damals.«

Schon auf der Fahrt zu der neuen Magierschule Zokling hatte Japhet immer wieder das Gefühl, Sems Anwesenheit zu spüren. Doch erst, als er dort angekommen war, hatte sich Sem das erste Mal zu Wort gemeldet. Mitten im Unterricht. Er wäre beinahe vom Stuhl gekippt, als ihm sein toter Freund die Antwort auf eine Frage des Lehrers zugeflüstert hatte.

»Ohne Halsband wäre es schwerer gewesen, Helga von deiner Existenz zu überzeugen.«

Sem nickte. »Gut, dass du es nicht weggeworfen hast.«

Japhet hätte nie gedacht, dass ihm das Ding noch einmal nützlich sein konnte. Er hatte es eingesteckt, nachdem es ihm gegen den Tiger geholfen hatte. Damals unterhalb des Klosters, auf der Suche nach Schätzen verstorbener Zauberer.

»Was Pater Pius wohl von Helga will?«

Japhet zuckte mit den Schultern. »Sie wird es uns bestimmt erzählen. Ausführlich!«

Sem grinste. »Und bis es so weit ist, sehen wir uns unser neues Zimmer an.«

»Du meinst *mein* Zimmer.«

Sem verdrehte die Augen.

Sie erreichten den Flur. Hier hatte sich nichts verändert. Außer dem riesengroßen Marienbild waren die Wände immer noch kahl, der Teppichboden abgelatscht und in den Blumentöpfen vor jeder Zimmertür stand das Wasser.

Japhet blieb kurz vor seinem alten Zimmer stehen, wo er mit Sem und Linus einst geschlafen hatte.

»Soll ich meinen Kopf durch die Tür stecken und nachsehen, wer da jetzt wohnt?«, fragte Sem.

»Bloß nicht. Das sieht voll gruselig aus.«

»War nur ein Vorschlag.«

Sie gingen weiter zu ihrer neuen Unterkunft; dem Zimmer von Christopher und den Zwillingen Tim und Tom.

»Da wären wir«, sagte Sem. Japhet griff nach der Türklinke.

»Willst du nicht anklopfen?«

»Sicher nicht. Das ist jetzt auch mein Zimmer.« Er öffnete die Tür.

Die Zwillinge lagen mit den Schuhen in einem Doppelbett, davor stand eine Liegecouch. Christopher hockte auf dem Tisch in der Mitte. Die Stühle fehlten, genauso wie die Nachtschränke.

Christopher stand auf, sagte aber nichts. Auch die Zwillinge glotzten ihn lediglich an.

»Was?«, fragte Japhet, als sie nach einer Minute immer noch schwiegen.

»Du b-b-bist gewachsen«, stellte Christopher fest. »U- und d-d-du siehst zuf-frieden aus. Diese Sch-schule scheint d-dir gut zu tun.« Christophers Stottern war nicht besser geworden. Dafür schien er seine Neurodermitis in den Griff bekommen zu haben. Die Handrücken waren nicht mehr zerkratzt.

»Ich fühle mich gut«, sagte Japhet.

Tim und Tom runzelten die Stirn. »Dann wirst du uns nicht in zwei Kröten verwandeln?«

Sem lachte.

Japhet warf seinem unsichtbaren Freund einen giftigen Blick zu. »Wer sagt das?«

»H-Hector«, sagte Christopher.

»Dann war er schon hier?« Hatte ja nicht lange gedauert, die anderen gegen ihn aufzustacheln. Dass er sich ausgerechnet mit dem Pickelgesicht ein Zimmer teilen sollte, hatte Pater Pius ja prima eingefädelt.

»Ich nehm an, d-d-du wirst m-meine Liegecouch haben wollen?«

Japhet ging darauf zu. »Klar.«

Sem stellte sich ihm in den Weg. »Denk an letztes Jahr. Als Richard und Tommas zu uns ins Zimmer gesteckt wurden. Du sagtest, dass unsere Betten tabu seien.«

21

Japhet schenkte ihm einen giftigen Blick, ging durch ihn hindurch und setzte sich auf die Couch.

Die Tür krachte gegen den Heizkörper und Hector zwängte sich mit einer Matratze ins Zimmer. Der Typ hatte an Gewicht zugelegt. Zehn Kilo, mindestens. Er ließ die Matratze fallen, betrat das Zimmer und scheuchte die Zwillinge vom Doppelbett. »Runter mit euch!« Er plumpste auf die Matratze, kaum, dass die beiden aufgestanden waren. Das Holz knirschte unter seinem Gewicht. »Hier werde ich schlafen.«

»Das glaube ich nicht«, sagte Japhet.

»Willst du es haben?«, knurrte Hector.

Japhet schüttelte den Kopf und stand auf. »Das ist das Zimmer von Christopher und den Zwillingen. Wir schlafen auf den Matratzen.« Er sah zu Sem, doch obwohl er dessen Wunsch nachgekommen war, wirkte dieser nicht zufrieden.

Hector zeigte Japhet den Vogel.

Japhet atmete tief durch. »Steh von dem Bett auf!«

»Ich lasse mir von einem Spasti nicht sagen, was ich tun soll.«

Japhet ballte die Fäuste.

»Vergiss nicht, was du mir versprochen hast«, mahnte Sem ihn.

»Ist sch-schon okay«, murmelte Christopher und zerrte die Matratze ins Zimmer. »Ich sch-schlafe freiwillig auf d-d-diesem Ding hier.«

Hector grinste. »Brav.« Er tätschelte Christopher wie einen artigen Hund.

Japhet blitze Hector an. Hatte er vergessen, wozu er im Stande war?

22

»Da fällt mir ein«, sagte Hector und wandte sich an Japhet. »Freust du dich schon Direktor Hocke zu sehen? Er ist untröstlich, dass du nicht in die Os-Frango gekommen bist.«

Sem hob die Hände. »Lass dich nicht provozieren!«

Leichter gesagt als getan. Hätte Pius nicht rechtzeitig gemerkt, dass er ein Zauberer ist, wäre er statt nach Zokling dorthin gekommen. Zu Hocke. Zu Nick. B5. Und wie sie sonst alle hießen. Gerüchten zufolge sollten Jungs wie er dort richtig mies behandelt werden.

Hector fuhr sich über sein mit Pickel bedecktes Gesicht. »Stell dir vor, Nick will uns hier besuchen kommen. Ist das nicht großartig?«

Japhet ballte eine Faust. Was? Warum das denn? Er hatte gedacht, dass er den Widerling endlich los wäre. Ein für alle Mal.

»Er arbeitet jetzt am Hafen. Hocke hat ihm den Job verschafft«, erklärte Hector.

»Dann ist er noch nicht im Gefängnis?«, fragte Japhet. »Wundert mich. Jetzt, wo er für seine Taten zur Rechenschaft gezogen werden kann.«

Hector wuchtete sich auf die Beine. »Er wird aus dir Fischfutter machen, wenn er das hört.«

Japhet rückte mit seinem Gesicht ganz nah an Hectors. »Kannst es wohl gar nicht erwarten, ihm davon zu erzählen.«

»Japh!« Sem drängte sich zwischen sie. Japhet hasste es, wenn er das tat. Es sah aus, als stecke Sems halber Körper in Hector.

Japhet trat einen Schritt zurück. »Nur damit du es weißt.« Er starrte in Hectors kleine Schweinsäuglein. »Ich könnte dich mit einem einzigen Fingerschnippen außer Gefecht setzen.«

»Nicht«, flehte Sem.

Japhet konzentrierte sich und die Matratze ging in Flammen auf.

Hector sprang zurück, krachte mit dem Rücken an die Wand und schrie auf. »Scheiße, Mann.«

»Wenn du nicht willst, dass es dir genauso ergeht, lässt du uns alle in Ruhe. Mich, Christopher, die Zwillinge und die Betten hier. Verstanden?«

»Klar«, knurrte Hector.

Japhet löschte das Feuer und schob ihm die Matratze vor die Füße. »Die gehört dir.«

Sem

»Musste das sein?«, sagte Sem. »Du hast versprochen nicht zu zaubern.«

»*Das* habe ich sicher nicht!«, sagte Japhet.

»Du sollst dich wie ein Gewöhnlicher verhalten.«

»Sagt wer?«

»Die Lehrer aus Zokling. Ich kenne eure Regeln. Besser als du.« Er hatte ebenfalls am Unterricht teilgenommen. Unsichtbar war er neben Japhet gesessen und hatte alles mitbekommen. Als erster Gewöhnlicher kannte er die Geheimnisse der Zauberer.

»Okay, ich werde mich bessern«, sagte Japhet.

Sem glaubte ihm kein Wort. Aber es war immerhin ein Anfang.

Sie gingen über die Wiese bis zu den Pferdeboxen. Swetlana lag am Boden, alle vier Beine seitlich von sich gestreckt. Als wäre sie gerade umgefallen.

»Ist das normal?«, fragte Sem.

Japhet nickte. »Noch nie gesehen?«

Als die weiße Stute Japhet entdeckte, richtete sie sich auf und reckte ihm den Kopf entgegen.

»Na, na.« Japhet hielt ihr die Hand hin und Swetlana schlabberte sie von oben bis unten ab. »Ist ja gut, ich freu mich auch, dich zu sehen.«

»Sie hat dich vermisst.« Eine sanfte Stimme hinter ihnen.

Japhet drehte sich um. »Volker.«

Der Junge war nach seiner Schulzeit als Novize im CuraNaus geblieben. Angeblich freiwillig. Doch Sem hatte das nie ganz verstanden. Volker war jemand, den die

Zauberer als Gmaf bezeichneten. Gewöhnliche mit außergewöhnlichen Fähigkeiten. Er hatte eine Stimme, mit der er fast jeden um den Finger wickeln konnte.

»Seit wann trägst du eine Kutte?«, fragte Japhet.

»Ich gehöre jetzt offiziell dazu.« Volker zog stolz das Zingulum fester um die Taille. »Ich darf im Herbst sogar unterrichten.«

Das stellte sich Sem interessant vor. Keiner merkte sich, was Volker sagte.

»Hast du Hocke gesehen?«, fragte Volker Japhet nun.

»Warum?«, knurrte Japhet.

»Er sollte mit den anderen Direktoren im Refektorium sein. Aber seit seiner Ankunft hat ihn keiner mehr gesehen.«

»Hier ist er zum Glück nicht«, sagte Japhet. »Versuch es mal im Schweinestall!«

Das war natürlich ein Witz, doch Volker lief tatsächlich dorthin.

»Idiot.« Japhet fuhr Swetlana durch die Mähne. »Du willst bestimmt raus.«

Swetlana wieherte freudig. Japhet öffnete die Pferdebox. Sie drängte sofort aus dem Stall.

»Hey, ich bin auch noch da«, schimpfte Sem, als Japhet mit einem Fuß auf seinen trat.

Japhet tat einen Schritt zur Seite, entschuldigte sich aber nicht.

»Was ist mit einem Sattel?«, fragte Sem.

»Brauch ich nicht«, sagte Japhet. »Wir haben nicht lange Zeit.«

Sem starrte auf die Turmuhr. Er riss die Augen auf. Nicht lange Zeit? Sie hatten überhaupt keine Zeit. Es war kurz vor zwölf und wahrscheinlich wartete Helga schon im Refektorium auf sie.

Das Gespräch mit Pater Pius war bestimmt schon vorbei.

In diesem Moment läutete die Glocke.

»Mist«, schimpfte Japhet. Er führte Swetlana zurück in den Stall. Sie schnaubte. »Ich komme wieder, versprochen.«

Dann rannten sie los.

Die Tür zum Speisesaal war noch nicht geschlossen.

Japhet betrat den Saal.

Helga winkte ihm zu. »Ich hab dir einen Platz reserviert.« Sie zeigte auf den Stuhl neben sich.

Japhet setzte sich.

»Was wollte Pius von dir?«, fragte Sem. Japhet drehte sich zu ihm um. »Sie kann dich nicht hören!«

Die Tür zum Refektorium wurde geschlossen und jemand klopfte mit einem Löffel gegen ein Glas.

»Brüder und Schwestern. Kinder. Ein Jahr ist vergangen und ich freue mich, euch heute hier alle wieder zu sehen, an diesem reichgedeckten Tisch, an diesem wunderschönen Tag.« Pater Rubens sah von Gesicht zu Gesicht und fuhr fort: »Besonders freut es mich, dass auch die Direktoren der Internate wieder mit uns speisen.« Er zeigte zu seiner rechten auf Herrn Steklenburg und Herrn Okazaki, zu seiner linken auf Frau Novak und erstmals auch auf Herrn Reichenfeld, dem Leiter von Zokling. Nur Hocke fehlte. Volker suchte ihn wohl immer noch, denn er fehlte ebenfalls. Doch bei all den Mönchen, die sich links und rechts an der Wand aufgestellt hatten, fiel das nicht weiter auf. Nach einem kurzen Gebet wurde das Essen serviert.

Sem nutzte den Augenblick, um sich zu verdrücken. Er hasste es, wenn andere aßen und er nur zusehen durfte. Unterhalten konnten sie sich jetzt sowieso nicht.

Sem verließ das Kloster. Er setzte sich auf die Eingangsstufen und starrte in den Himmel. Es war ein schöner Tag. Eine Taube landete auf dem Kirchturm und gurrte. Plötzlich ein Schrei.

Ein Hilferuf? Bei den Stallungen?

Sem rannte über die Wiese. Ein Rumpeln im Geräteschuppen. Waren nicht alle beim Mittagessen? Er ging durch die Tür. Dort lag Hocke. Zusammengeschlagen. Wer hatte ihm das angetan? Sem entdeckte jemanden hinter dem Strohhaufen. Ein Mädchen kniete dort. Ihre Haare erinnerten an ein Vogelnest.

»Albine?«, fragte er verwundert. Sie antwortete nicht. Verständlich. Sie konnte ihn nicht sehen, nicht hören. Da geschah das Unfassbare. Albine sah hoch. Sah ihm direkt in die Augen. »Verschwinde!«, rief sie. »Wollt ihr mich jetzt zu zweit fertigmachen!«

Eine weitere Person tauchte neben Albine auf. Eine Person, die unmöglich hier sein konnte. Der junge Mann starrte ihn mit zusammengekniffenen Augen an. »So sieht man sich wieder.«

Linus!

Sein ehemaliger Zimmerkollege. Der ihn töten wollte und dann spurlos verschwunden war. Er kam auf Sem zu. Ging dabei durch einen Holzbalken, ohne darüberzusteigen. Sem ging ein Licht auf. Linus war auch ein Geist.

»Was ist passiert?«, fragte er.

»Das Gleiche wie dir. Ich bin tot! Schrey hat mir den Schädel eingeschlagen. Nicht weit von der Stelle, wo du mich zurückgelassen hast. Ihr habt meine Leiche nie gefunden, dabei hat er sie gar nicht gut verscharrt. Aber hey, was soll´s? Ich war nur ein Freak. Dem niemand gefehlt hat. Ist es nicht so?«

»Es tut mir Leid«, stammelte Sem. Es war in gewisser Weise seine Schuld. Hätte er Linus nicht gefesselt zurückgelassen ...

»Ich weiß, was du denkst«, sagte Linus. »Ich mache dir keine Vorwürfe. Du konntest nicht anders. Japhet ist es, der mich verraten hat. Er ist der Nächste auf meiner Liste.«

»Liste?«

»Gleich nach Hocke!«

»Nein!«, schrie Albine plötzlich und zeigte auf den bewusstlosen Direktor. »Du hast gesagt, du lässt mich in Ruhe. Nur noch Hocke. Das hast du gesagt!«

»So ist es. Versprochen. Also mach endlich«, sagte Linus.

»Was habt ihr vor?«, fragte Sem.

»Er zwingt mich ihn umzubringen«, kreischte Albine. Tränen liefen ihr über die Wange. »Seit Wochen kann ich nicht schlafen. Er hält mich wach! Schreit mir ins Ohr. Verfolgt mich. Sogar aufs Klo.«

»Töte Hocke und du bist mich los!«, unterbrach Linus das Mädchen. Kein Wunder, dass ihr Gesicht eingefallen und blass war, dass sie Ringe unter den Augen hatte. Er hatte sie fertiggemacht. Und das nur, weil sie ihn sehen konnte.

»Quatsch nicht und bring es hinter dich!«, sagte Linus.

Albine griff in ihre Hosentasche und zog ein Streichholzbriefchen hervor.

»Das ist Wahnsinn!«, rief Sem.

»Nein, nur gerecht«, sagte Linus. »Die Menschen, die für meinen Tod verantwortlich sind, müssen sterben.«

»Dann ...«, stammelte Sem. »Halt Albine da raus. Sie hat dir nichts getan.«

»Zu spät.« Linus funkelte sie an.

Sie riss ein Streichholz ab. Entzündete es.

Das Feuer spiegelte sich in ihren Augen.

»Nicht!«

Das Streichholz landete im Stroh.

Japhet

Japhet langte nach dem Schweinebraten, den Frater Ignatius extra für die Direktoren zubereitet hatte, und schaufelte sich eine große Portion auf den Teller. Das Essen reichte für die ganze nächste Woche.

Doch Helgas Teller blieb leer.

»Hast du keinen Hunger?«, flüsterte er. Sie antwortete nicht. Dachte sie gerade an Sem?

»Japhet«, schrie Sem in diesem Moment. Er stürmte in den Saal und lief auf ihn zu. Doch außer Japhet konnte ihn niemand hören. Niemand sehen.

»Albine hat den Geräteschuppen angezündet. Gleich steht alles in Flammen.«

Japhet ließ die Gabel fallen, auf der noch eine halbe Kartoffel steckte, und sprang auf.

Helga starrte ihn an. Hundert Augenpaare taten es ihr gleich.

»Feuer!«, rief Japhet, lief zum Fenster und klopfte gegen die Scheibe. »Rauch aus dem Geräteschuppen!« Es qualmte durch die Ritzen der Bretterwand.

Schon war die Hölle los. Geschirr klirrte. Stühle rückten. Füße trampelten.

»Komm mit!«, sagte Sem und sprang durch das geschlossene Fenster. Japhet zeigte ihm den Vogel. Er nahm dann doch besser die Tür.

Die Mönche drängelten gleichzeitig aus der Halle.

Helga packte Japhets Arm.

»Woher wusstest du das?«

»Von Sem«, erklärte er. »Albine hat es gelegt.«

»Albine? Warum?«

»Was weiß ich. Mehr hat Sem nicht gesagt. Und er ist gerade durch das Fenster gesprungen.« Die ersten Mönche liefen schon über die Wiese. Doch sie liefen nicht zum Geräteschuppen, sondern zum Teich. Ihre Kutten wehten im Wind.

»Wir müssen raus«, sagte Helga und lief los. Japhet folgte ihr und den anderen Kindern, die sich alle gleichzeitig aus der Tür drängten. Ein Sechsjähriger landete auf dem Boden und plärrte. Helga half ihm auf.

»Stell dich an die Wand und warte, bis alle draußen sind«, sagte sie zu ihm. Dann lief sie weiter.

Die Mönche hatten bereits eine Kette gebildet, die vom Teich bis zum Geräteschuppen führte. Pater Pius stand vor der Milchkammer und verpasste mehreren leeren Milcheimern einen Tritt. Sie rollten über die Wiese bis zum Teich. Frater Cornelius stoppte sie dort mit dem Fuß und reichte sie Frater Ignatius, der den ersten Eimer sofort mit Wasser füllte. Er reichte ihn Frater Cornelius, der reichte ihn Frater Teo. Ein Eimer nach dem anderen wanderte von Mönch zu Mönch bis zum Geräteschuppen. Dort wurde das Wasser auf die Bretter gekippt. Wie vor 200 Jahren. Ob jemand auf die Idee gekommen war, die Feuerwehr zu rufen?

»Als hätten sie das schon hundertmal gemacht«, stammelte Helga. Hatten sie dafür trainiert? Auch die Direktoren beobachteten das Schauspiel mit weitaufgerissenen Augen.

Da entdeckte Japhet Albine. Sie saß auf der Erde, über und über mit Ruß verschmiert. Was hatte sie sich nur dabei gedacht, das Gebäude abzufackeln?

Sem rannte vom Schuppen auf ihn zu. »Hocke ist noch da drinnen.«

»Hocke. Was hatte er im Geräteschuppen zu suchen?«

»Du musst ihn retten?«

»Sicher nicht!«

»Dann stirbt er.«

»Soll er doch verrecken«, sagte Japhet.

»Wer?«, fragte Helga. Wasser klatschte gegen das brennende Gebäude. Es konnte jeden Moment einstürzen.

»Hocke«, murmelte Japhet.

»Der Direktor der Os-Frango?! Wissen die Mönche, dass er im Schuppen ist?«, fragte sie aufgebracht.

»Woher soll ich das wissen?«, knurrte Japhet. »Ich weiß auch nur das, was mir Sem erzählt.« Er starrte ihn an. »Und das ist nicht viel.«

»Er wird ersticken.« Helga zog ihr Shirt über die Nase und lief zum Schuppen.

»Spinnst du!«, rief Japhet und eilte hinterher. Er erwischte sie nicht mehr rechtzeitig.

Sie trat gegen die Tür. Diese sprang auf und eine Rauchwolke schoss ihr entgegen.

Einen Moment konnte Japhet nichts sehen. »Siehst du, was du angerichtet hast«, schrie er zu Sem. Er lief blind weiter, doch jemand stellte sich ihm in den Weg.

»Stop!« Pius lief zu Helga und packte sie von hinten. »Was tust du denn da, du dummes Ding?«

Helga hustete: »Hocke ist im Schuppen!«

Pius riss die Augen auf. »Bist du sicher?« Schweiß perlte auf seiner ohnehin schon blauen Stirn. »Warte hier!« Er zog sich seine Kapuze über den Kopf und betrat den Schuppen. Ein Holzbalken krachte hinter ihm herab.

Japhet packte Helgas Arm und zog sie zurück. »Zufrieden? Du hast gerade unseren Schulvorsteher getötet.«

Sie ballte die Fäuste. »Nein! Bitte, nicht.«

Pius tauchte wieder auf. Er hatte Hockes Hände überkreuzt und schleifte ihn über den Boden.

»Gott sei Dank.« Sie stieß Japhet in die Rippen. »Pack mit an!«

»Wenn es sein muss.« Gemeinsam zogen sie ihn aus dem Gebäude. Keine Sekunde zu früh. Zwei weitere Balken krachten über der Tür herunter.

Mutter Henriette gesellte sich zu ihnen. Sie lief mit den anderen Nonnen aus dem Hospital zu ihnen herüber. Mutter Anna brüllte die Kinder an, zu ihr zu kommen und eine weitere Wasserkette zu bilden.

Mutter Henriette legte ein Ohr auf Hockes Mund und wartete einen Moment. Schließlich lächelte sie leicht und drehte ihn auf die Seite. Anscheinend war er nur bewusstlos. Helga atmete auf. Japhet ging das am Arsch vorbei.

Hocke begann zu Husten. Er öffnete die Augen, hob seine Hand und zeigte auf Albine, die immer noch vor der brennenden Hütte hockte. »Sie war's«, sagte er.

Henriette starrte zu dem Mädchen. Japhet ebenfalls. Doch wer stand da neben ihr? Er wirbelte zu Sem. »Ist das Linus? Seit wann ...«

»Das wollte ich dir erzählen«, sagte Sem.

»Wann?« Linus hatte versucht, ihn umzubringen! Und jetzt spazierte er einfach hier herum?

»Er ist ein Geist«, erklärte Sem. »So wie ich.«

»Neiiiiiiin«, schrie Albine in diesem Augenblick so laut, dass einige das Wasserschleppen unterbrachen und sie anstarrten. Albine sprang auf und rannte los. Sie durchriss die Wasserkette und lief geradewegs zu Hocke. Ihre dünnen Hände schlossen sich um seinen Hals und drückten zu.

»Halte sie auf!«, sagte Sem zu Japhet, doch Henriette war schneller.

Sie riss Albine von dem Direktor weg, packte sie und drückte sie auf die Erde.

»Ruhig, Mädchen«, sagte sie.

Sie strampelte. Doch ihre Kräfte waren verbraucht. Schließlich schloss sie die Augen und rührte sich nicht mehr. Henriette sah zu Japhet und Helga. »Ich bin bei ihr. Kümmert euch um das Feuer.«

Tatsächlich waren sie die beiden einzigen, die nicht an der Wasserkette beteiligt waren. Helga nickte und reihte sich zwischen Rafik und Gnomi ein. Für Japhet kam das nicht in Frage. Er starrte zu seinem ehemaligen Zimmerkollegen. Linus stand immer noch neben dem brennenden Gebäude. Sein Gesicht zu einer Fratze verzogen, blitzte er Hocke giftig an. Japhet lief zu ihm.

»Was machst du hier?«, brüllte er den Jungen an.

»Siehst du das nicht? Ich sorge für Gerechtigkeit.«

»Gerechtigkeit?«, schnaubte Sem. »Du lässt Albine ab jetzt in Ruhe!«

Japhet runzelte die Stirn. Hatte Linus sie etwa angestiftet, das Feuer zu legen?

»Sie war nur Mittel zum Zweck«, sagte Linus. »Wie es aussieht, habe ich ein neues Medium gefunden, Morsus, mein Freund. Wir werden noch viel Spaß miteinander haben.«

»Das glaube ich nicht. Du Scheißkerl hättest nicht zurückkehren sollen.«

»Morsus, Morsus«, zischte Linus. »Stets das Maul offen, aber wenn es drauf ankommt, kneifst du.«

War er immer noch sauer, weil er ihm nicht geholfen hatte, Schrey zu töten?

»Ich wäre noch am Leben, hättest du damals nicht ...«

»Hört auf!«, schrie Sem. »Lassen wir die Vergangenheit hinter uns!«

»Erst wenn ich meine Rache bekommen habe.«

»Rache an wen?«

»An dir, an Schrey, Hocke, Nick ... Die Liste ist lang.«

»Die Liste ist Scheiße!«

Linus lachte irre. »Das sagt der Richtige.«

»Was willst du?«, fragte Sem.

»Ich bin ein Geist. Ich brauche jemanden, der die Drecksarbeit für mich erledigt. Nach Schrey dachte ich, Hocke zu beseitigen wird ein Kinderspiel. So kann man sich täuschen.«

Japhet biss die Zähne zusammen. »Ich lasse mich nicht für deine Zwecke einspannen.«

»Das hat Albine auch gesagt. Und nun sieh dir an, was sie gemacht hat.« Stolz zeigte Linus auf den brennenden Geräteschuppen.

»Du brauchst Japhet nicht«, sagte Sem. »Und auch nicht Albine. Oder sonst jemanden.«

»Wovon sprichst du?«, fragte Linus.

»Wir können dir helfen, sichtbar zu werden.«

»Bist du verrückt?«, sagte Japhet.

Sem blinzelte ihm zu. »Ich weiß, was ich tue. Zeig ihm das Halsband.«

»Aber ...«, antwortete Japhet. Was hatte er vor?

»Wir besitzen ein Halsband, das Geister sichtbar macht«, sagte Sem zu Linus.

»Ja klar, und das soll ich euch glauben.«

»Gehen wir in die Milchkammer. Über dem Waschbecken hängt ein Spiegel, du wirst sehen, es funktioniert«, fuhr Sem fort.

Japhet verstand. Ein Geist musste sich nur in einem Spiegel sehen, und schon würde er sich auflösen. So war es auch bei dem Tiger gewesen. Damals unter dem Kloster.

Japhet griff in seine Hosentasche und fühlte das Halsband darin. Es könnte funktionieren.

»Also was ist?«, fragte Sem.

»Ich halte das für keine gute Idee«, sagte Japhet. Linus durfte nicht glauben, dass es sich um eine Falle handelte.

Sem lotste Linus Richtung Milchkammer.

»Na schön«, seufzte Japhet und folgte ihnen, wurde aber von Mutter Theresa aufgehalten. »Wohin so eilig? Der Schuppen ist noch nicht gelöscht.«

»Ich soll schauen, ob es noch weitere Eimer gibt«, log Japhet.

Sie kniff die Augen zusammen. »Dann aber hurtig!«

Japhet rannte in die Kammer und schloss die Tür. Sem und Linus standen neben ihm.

»Hier!« Japhet baumelte mit dem Halsband vor Linus' Gesicht. »Ich leg dir das jetzt um. Okay?«

Linus zögerte. »Wenn das ein Trick ist ...«

»Sieh in den Spiegel und überzeug dich selbst.«

»In Ordnung.« Er ließ sich von Japhet das Halsband umlegen, und ...

Linus starrte in den Spiegel. »Das ist doch ...« Er lächelte. »Ich kann mich sehen.«

»Ein letztes Mal«, sagte Japhet.

»Wie bitte?«

»Ciao, mein Freund!«, sagte Japhet und Linus löste sich auf.

Helga

»Linus ist an allem schuld?« Helga wischte sich den Schweiß von der Stirn und hustete. Sie war erschöpft von der Wasserschlepperei und fühlte sich komisch.

»Geht's dir gut?«, fragte Sem.

»Ob es mir gut geht? Ihr habt mir nicht gesagt, dass sich ein Geist auflöst, wenn er sich im Spiegel sieht. Sem, du musst das Halsband sofort abnehmen!«

Sie hatten sich nach der ganzen Sache unter ihren Baum gesetzt und Helga alles erzählt. Die letzten Sonnenstrahlen fielen durch den Blättervorhang der Trauerweide auf ihr geschwärztes Gesicht. Sie war noch nicht zum Duschen gekommen. Zu lange war die Schlange vor dem Badezimmer.

Helga hustete erneut. Obwohl das Feuer mittlerweile gelöscht war, hing der beißende Geruch von verbranntem Holz in der Luft.

»Ich passe schon auf«, sagte Sem.

»Das reicht nicht. Ich will dich nicht nochmal verlieren.« Sie starrte zum abgebrannten Geräteschuppen, vor dem sich zwei Mönche positioniert hatten, um Wache zu halten, sollte sich das Feuer erneut entfachen.

»Helga hat recht«, sagte Japhet. Er griff nach dem Band, um es Sem vom Hals zu ziehen.

Sem wich zurück und hangelte sich auf einen Ast. »Noch nicht!«

Japhet schlug gegen den Baum. Borke bröckelte auf die Erde.

»Willst du mich runterschütteln?«, lachte Sem.

»Nicht komisch«, sagte Japhet. Er zeichnete mit dem Finger die Anfangsbuchstaben ihrer Namen nach, die Sem in den Baum geritzt hatte, als er noch am Leben war.

»Wie kommt es, dass du auf dem Ast sitzen kannst und nicht hindurchfällst?«, fragte Helga.

»Gute Frage. Keine Ahnung«, sagte Sem.

Japhet wandte sich an Helga. »Bevor das alles hier passiert ist, haben wir uns doch über dein Medaillon unterhalten.«

Helga zog es über ihren Kopf. »Und?«

»Ich weiß jetzt, was ich mir wünsche.«

»Dass ich vom Baum runterkomme?«, fragte Sem.

»Nein du Witzbold. Dass du dich wieder erinnern kannst.«

Sem starrte ihn an.

»Ich glaube nicht, dass das funktioniert«, sagte Helga.

Japhet nahm ihr das Medaillon aus der Hand. »Ich kann es ja mal probieren. Was muss ich tun?«

»Nass machen!«

Japhet rutschte zum Teich und tunkte das Medaillon ins Wasser. Er starrte angestrengt auf die Kreise, die das Wasser zog. Als wäre es harte Arbeit, sich etwas zu wünschen.

»Und?«, fragte er nach einer Weile.

»Nichts«, sagte Sem und baumelte mit den Beinen. »War ja klar.«

»Aber es muss eine Möglichkeit geben herauszufinden, wer der Mann ...«

Helga würgte. »Ich ... Verdammt, nein!« Sie beugte sich vornüber und übergab sich auf der Wiese. Der Mageninhalt spritzte Japhet auf die Schuhe. Er sprang zur Seite.

»'tschuldigung.« Sie wischte sich mit dem Handrücken über den Mund.

Sem hüpfte vom Baum. »Mutter Henriette hat gesagt, dass alle ins Hospital müssen, denen übel ist. Du hast zu viel Rauch eingeatmet.«

»Aber ...« Helga unterdrückte einen Huster.

»Kein *Aber*«, sagte Sem. »Japhet bring sie zu den Nonnen!« Er hielt ihm den Kopf entgegen, damit er ihm das Halsband runterziehen konnte.

Japhet steckte das Halsband ein und streckte Helga die Hand entgegen. »Du hast ihn gehört.«

Helga nahm seine Hand und gemeinsam gingen sie zum Hospital. Jeder Schritt war anstrengend, und als sie das Hospital erreichten, schnaufte sie wie nach einem Marathon. Mutter Henriette stand mit Pater Rubens vor dem Gebäude und fuchtelte wild in der Luft herum. Stritten die beiden?

»Mutter Henriette«, rief Japhet. »Helga bekommt keine Luft.«

Mutter Henriette ließ Pater Rubens stehen und rannte zu ihnen.

»Um Himmels willen«, schimpfte sie. »Habe ich nicht gesagt ...«

»Ja, ja«, sagte Japhet. »Können Sie ihr helfen?«

»Natürlich kann ich das. Du kannst gehen. Ich übernehme. Komm, mein Kind.«

Helga hakte sich bei der Nonne unter und ließ sich bereitwillig ins Hospital führen. Sie winkte Japhet und Sem zu, auch wenn sie Sem gar nicht sehen konnte. Dann fiel die Tür zu.

Mutter Henriette führte Helga in ihr Behandlungszimmer. Es war vollgestopft mit Infusionsständern, Sauerstoffflaschen, Verbandsmaterialien und ein paar Monitoren. Neben der Tür stand ein anatomisches Skelett. Doch es war nicht mehr komplett. Abgesehen von der rechten Hand fehlten noch ein paar andere Knochen. In den Regalen lagen Latexhandschuhe in allen möglichen Farben.

»Du hast zu viel Rauch eingeatmet, als du in den Schuppen gerannt bist. Hier.« Sie drückte ihr eine Sauerstoffbrille in die Nase und drehte den Hahn an einer großen blauen Flasche auf. »Du musst außerdem viel trinken. Dann sollte es dir morgen wieder gut gehen.«

Mitten in der Nacht erwachte Helga. Der Mond fiel durch das vergitterte Fenster ins Zimmer und warf einen Schatten auf ihre weiße Bettdecke. Wo war sie? Wo war Mutter Henriette? Sie fuhr sich ins Gesicht. Was steckte da in ihrer Nase? Langsam kehre die Erinnerung zurück. Das Feuer. Der Rauch. Sie zog den Sauerstoffschlauch aus ihrer Nase und setzte sich auf. Kein Husten. Keine Atemnot. Im Gegenteil. Sie fühlte sich richtig gut. Am Nachttisch stand ein Glas Wasser. Sie leerte es in einem Zug. Plötzlich ...

»Bitte nicht!«

Wer hatte da gesprochen? Helga drehte sich um.

Sie war nicht allein im Zimmer. In einem anderen Bett lag Albine. Sie hatte die Augen geschlossen und redete im Schlaf. »Geh weg! Nicht! Niiiiicht!«

Helga streckte die Füße aus dem Bett. Barfuß sprang sie auf den Fußboden. Schlich zu Albine und legte eine Hand auf ihre Schulter. »Albine wach auf!« Da erst bemerkte sie die Gurte, mit denen Albine fixiert war. Dicke Bänder an Armen und Beinen.

Albine riss die Augen auf und rüttelte daran. »Nur die Kinder von Noah werden überleben.« Im nächsten Moment klärte sich ihr Blick und sie hörte auf, an den Gurten zu ziehen. »Wo bin ich?«, fragte sie.

»Im Hospital«, antwortete Helga.

Albine blinzelte. »Sie haben mich festgebunden?«

»Zu deiner eigenen Sicherheit. Soll ich Mutter Henriette holen?«

»Bloß nicht. Mach mich los!«

Helga starrte auf die dicken Gurte. »Wie?«

»Ich brauche einen Magneten«, sagte Albine. »Die Gurte können damit leicht geöffnet werden.«

»Und dann? Du würdest nicht weit kommen.«

»Ich muss es versuchen. Bevor sie mich holen kommen. Nicht? Nicht wahr?« Sie rüttelte an ihren Fesseln. »Die stecken mich in eine Irrenanstalt.«

»Vielleicht wäre so ein Krankenhausaufenthalt genau das Richtige, um ...«

»Hältst du mich auch für verrückt? Es war nicht meine Schuld. Es war Linus.«

»Ich weiß. Er wird dich nicht mehr belästigen.«

»Schön wär's«, sagte Albine.

»Wirklich! Er kommt nie wieder zurück«, antwortete Helga.

Albine seufzte. »Es ist zu spät.« Sie rüttelte erneut an den Gurten. Heftig und wild. Alles wackelte. Über dem Bett baumelte ein Kabel mit rotem Licht.

»Beruhige dich«, sagte Helga. Sie drückte auf den leuchtenden Knopf.

»Miststück!«, schimpfe Albine. »Das wirst du bereuen!«

Helga schüttelte den Kopf. »Du brauchst Hilfe.« Sie wich zurück. Im nächsten Moment stand Mutter Henriette in der Tür. Nur mit einem weißen Unterhemd und ...

War das eine Spritze in ihrer Hand? Sie ging ohne ein Wort ins Zimmer zu Albine und injizierte ihr die Nadel in den Oberschenkel.

»Neiiin!«, schrie Albine, dann sagte sie nichts mehr.

Mutter Henriette ging zurück zur Tür. »Und jetzt wird geschlafen«, sagte sie.

Japhet

Japhet konnte nicht schlafen. Allerdings nicht wegen der Vorkommnisse am Nachmittag, sondern wegen Christopher. Der schnarchte so laut, dass Japhet immer wieder erwachte. Wie konnte ein einzelner Mensch eine so variantenreiche Palette an Geräuschen hervorbringen? Der schnelle Wechsel zwischen überschallartigem Schnarchen und pfeifendem Zischen war unglaublich. Wie ein Einmannorchester mit unregelmäßigem Einsatz von Orgelpfeifen. Hatte Christopher auch zu viel Kohlenmonoxid eingeatmet?

Japhet setzte sich auf und starrte in die Dunkelheit. Die Zwillinge schliefen ruhig. Hector schlief auch, aber er wälzte sich hin und her. Kurz erlaubte er Japhet einen Blick auf seinen behaarten Arsch. Brrr, der Typ war vollkommen nackt. Plötzlich saß Sem neben ihm.

»Schon wach?«, fragte Sem.

Blöde Frage. Japhet gähnte. »Wo wart du?«

»Bei Helga.«

Klar. Sem langweilte sich in den Nächten immer schrecklich. Natürlich war er bei ihr gewesen.

»Geht es ihr gut?«

»Sie schläft«, sagte Sem. »Hat eine Infusion bekommen. Und Sauerstoff.«

»Mit wem sprichst du?« Einer der Zwillinge blinzelte Japhet verschlafen an.

»Mit niemandem.« Unfassbar! Wie konnte ihn das Flüstern aufgeweckt haben, nicht aber Christophers

Schnarchen? Er gab Sem zu verstehen, dass sie morgen weiterreden würden, und zog Christopher die Decke über den Kopf.

Prompt war es still im Zimmer.

Japhet schloss schnell die Augen. Vielleicht konnte er einschlafen, bevor Christopher sein Solokonzert fortsetzte.

Die Sonnenstrahlen weckten ihn sanft. Japhet streckte sich. Was für ein Wunder. Er hatte tatsächlich ein wenig geschlafen.

Sem hockte neben ihm auf dem Boden und lächelte.

»Ist was?«, flüsterte Japhet.

Sem schüttelte den Kopf. »Nö.« Dabei grinste er über beide Ohren.

Verwirrt betrachtete Japhet seinen Körper. Was war so witzig? Hatte er gesabbert? Hatte er eine Morgenlatte? Hatte er geschnarcht? Das wäre natürlich sehr komisch.

Sem stand auf, ohne ihm eine Antwort zu geben.

»Ich bin in der Mühle«, sagte er, als Tim und Tom anfingen, sich zu bewegen. Im Moment konnten sie ja nicht miteinander sprechen. Er verließ das Zimmer durch die geschlossene Tür.

Japhet schüttelte den Kopf. Geister!

Er ging zu seinem Koffer, um sich anzuziehen. Zog den Reißverschluss auf und starrte auf die Wäsche.

Was zum ...

Sie leuchtete. Achtlos warf er sie auf den Fußboden. Das Licht wurde stärker. Als er die letzte Hose aus dem Koffer zog, erlosch das Licht. Ein weiterer Gegenstand befand sich im Koffer.

Ein weißes Kuvert? Vorsichtig nahm er es heraus.

Für Sem zum fünfzehnten Geburtstag.

Er hatte diesen Brief vollkommen vergessen. Wann hatte er ihn eingepackt? Vor seiner Abreise nach Zokling? Genau, er hatte nach Sems Tod dessen Sachen durchwühlt und dabei den Brief gefunden. Der war alles, was Sem bei sich gehabt hatte, als er ins Heim gekommen war. Er wollte ihn nicht den Mönchen überlassen.

Für Sem zum fünfzehnten Geburtstag las er noch einmal. Hatten sich die Worte nicht vor langer Zeit aufgelöst? Warum standen sie nun wieder darauf?

Japhet riss an der oberen Ecke und ...

Ritsch!

Mit offenem Mund starrte er auf den aufgerissenen Brief. Bisher war es unmöglich gewesen, ihn zu öffnen. Weder Scheren noch Messer hatten ihm etwas anhaben können. Selbst mit Feuer hatten sie es versucht. Ohne Erfolg. Japhet lächelte. Sah ganz danach aus, als wäre sein Wunsch doch in Erfüllung gegangen.

Er rannte aus der Tür. Die Treppe nach unten. Raus aus dem Kloster. Quer über die Wiese. Ohne auf irgendjemanden zu stoßen. Wahrscheinlich, weil die meisten ob des gestrigen Durcheinanders noch in ihren Betten lagen. Doch kurz vor der Mühle kam ihm Helga entgegen. Kam sie vom Hospital?

»Japhet«, rief sie. »Mutter Henriette hat mich rausgeworfen. Bin wieder völlig gesund. Und gerade auf dem Weg zum Frühstück. Wohin ...«

Er brachte sie mit einer Handbewegung zum Schweigen. »Zu Sem. Komm mit. Das darfst du nicht verpassen.«

Sie nickte verwirrt.

Sie betraten die alte Mühle. Sem saß auf einer Holzleiter und lächelte, als er auch Helga sah.

»Ich mache Sem sichtbar«, sagte Japhet. Er legte ihm das Halsband um. Auch Helga sollte seinen Gesichtsausdruck sehen, wenn er die Bombe platzen ließ.

»Hört zu«, sagte er. »Es hat funktioniert!«

»Was denn?«, fragte Sem.

Japhet zog den Brief aus seiner Hosentasche. »Erinnerst du dich daran?«

Sem riss die Augen auf. »Ich dachte, der wäre weg.«

»Was ist das?«, fragte Helga.

»Ein Brief, in dem vielleicht die Antworten stehen, die wir suchen«, antwortete Japhet.

»Aber er lässt sich nicht öffnen«, erklärte Sem.

»Er *ließ* sich nicht öffnen«, korrigierte Japhet. Er zeigte Sem die eingerissene Ecke.

Sem klappte den Mund auf. »Wie hast du ..., wann hast du ...«

»Heute Morgen. Ich wollte doch mehr über deine Vergangenheit wissen. Mein Wunsch von gestern ist in Erfüllung gegangen.«

Sem starrte in den Himmel. »Vielleicht bin ich einfach fünfzehn geworden«, sagte er.

»Du bist tot. Du wirst ewig vierzehn bleiben«, sagte Japhet.

»Vielleicht *wäre* ich fünfzehn geworden.«

»Ist auch egal«, sagte Helga. »Was steht drinnen?«

»Ich habe ihn nicht gelesen. Er gehört Sem.«

Sem griff nach dem Brief, doch seine Finger glitten durch das Papier hindurch. »Schon gut. Nimm ihn raus, und lies vor.«

Japhet riss das Kuvert auf und zog einen Zettel heraus. Er begann zu lesen:

Dear Sem,

wenn du das hier liest, bist du alt genug, um deiner Aufgabe nachzukommen.

Es tut mir leid, deine Erinnerungen gelöscht zu haben, aber ich konnte nicht riskieren, dass du dich zu früh auf den Weg zu mir machst. Der Seeweg ist gefährlich und die Sirenen verschlingen unter Fünfzehnjährige ausnahmslos. Und dann wäre alles umsonst gewesen.

Jetzt, da du sicher bist, folge der Route auf der beiliegenden Karte. Sobald du bei mir bist, werde ich dir deine Erinnerungen wiedergeben.

Aragin.

Japhet wendete den Brief, doch die Rückseite war leer.

»Das ist alles?«, fragte Sem.

Japhet griff noch einmal in das Kuvert. »Abgesehen von dieser Karte.« Er breitete sie auf einen Strohballen auf. Sie war fünfmal zusammengefaltet und ließ sich auf eine beachtliche Größe öffnen.

»Wer ist Aragin?«, fragte Japhet.

»Und was sind Sirenen?«, fragte Helga.

Sem beugte sich über die Karte. »Ich habe keine Ahnung.«

»Wenn es stimmt, was da steht, kann dir dieser Aragin dein Gedächtnis zurückgeben.«

»Auch einem Geist?«

Das war eine gute Frage. Japhet wollte Sem nicht entmutigen. »Auf jeden Fall wird er die Antwort kennen, die wir suchen.«

Helga tippte auf die Karte. »Wir müssen zu einer Insel mitten aufs Meer.«

»Wir?«

»Glaubst du, ich bleibe zurück? Die Sache betrifft mich genauso wie dich. Dein Mörder hatte es auch auf mich abgesehen. Ich will endlich wissen warum. Irgendwie hängt das alles zusammen. Außerdem ...«

»Schon gut«, unterbrach Sem sie. »Natürlich kommst du mit.«

Japhet grinste. »Worauf warten wir noch?« Er machte einen Schritt auf die Tür zu.

»Bist du verrückt?« Helga schüttelte den Kopf. »Am Tag?«

»Sie hat recht.« Sem starrte von der alten Mühle nach draußen. Durch die zerbrochenen Fensterscheiben, die schräg im Rahmen hingen, in den wolkenlosen Himmel. »Wir sollten erst gehen, wenn es dunkel ist. Auf die paar Stunden kommt es auch nicht an.«

Außerdem brauchten sie einen Plan. Eine Flucht durch die unterirdischen Tunnel fiel flach. Die waren letztes Jahr eingestürzt. Und die Mauern um das Kloster waren zu hoch. Das Haupttor durchbrachen keine zehn Pferde. Aber das Tor an der Ostseite, die Lieferanteneinfahrt, war immer noch beschädigt, nachdem dieser Verrückte, der Sem auf dem Gewissen hatte, mit dem Traktor durchgebrettert war. Dort hing nur ein Vorhängeschloss.

»Ich habe eine Idee«, sagte Helga.

»Ich auch«, sagte Japhet.

»Lasst hören!«, sagte Sem.

Helga schüttelte den Kopf. »Treffen wir uns gleich beim Osttor. Ich muss vorher noch was erledigen.« Und mit diesen Worten verließ sie die Mühle.

Was immer sie vorhatte, sie strahlte über das ganze Gesicht.

Helga

Sie lief über die Stallungen zurück ins Kloster. Vor jeder Ecke blieb sie stehen und lauschte. Sie hatte Mutter Henriette versprechen müssen, nach dem Frühstück gleich in ihr Zimmer zu gehen und sich auszuruhen. Die Luft war rein. Keine Nonnen, keine Mönche. Merkwürdig. Nach gestern gab es bestimmt genug zu tun.

Sie erreichte den Pausenraum, der zu den Klassenräumen und Lehrerbüros führte. Sie klopfte an Pius' Tür.

Es blieb still.

So weit so gut. Sie drückte die Klinke.

Offen.

Schnell trat sie ein, zog hinter sich die Tür zu. Auf dem Schreibtisch lagen immer noch die Asterix-Hefte. Darauf stand, wonach sie gesucht hatte: das blaue Telefon. Ein altes Ding mit Wählscheibe. Hoffentlich war es nicht nur ein Sammlerstück, sondern funktionierte. Sie wusste nicht, wo sie hier sonst telefonieren konnte. Das war bisher nie wichtig gewesen. Sie griff nach dem Hörer. Ein Freizeichen ertönte. Sie atmete auf. Musste aber weiterhin auf der Hut sein. Wenn man sie erwischte, würde man sie in den Karzer stecken. Sie musste die Tür im Blick haben. Auf Geräusche achten.

Sie schwitzte bei dem Gedanken, seine Stimme zu hören. Die Stimme des Jungen, den sie anzurufen gedachte.

Jan.

Sie hatte den Zettel mit seiner Telefonnummer in ihrer Hosentasche. Aber den brauchte sie nicht. Sie hatte die Zahlen auswendig gelernt.

Hoffentlich ging er ran.

Langsam begann sie zu wählen.

Es läutete.

Und läutete.

»Mach schon!«

»Khan«, meldete sich eine dumpfe Stimme am anderen Ende der Leitung.

Helga schluckte. Khan? Sie versuchte, sich an Jans Nachnamen zu erinnern. Doch zu ihrer eigenen Schande fiel er ihr nicht ein. Hatte Jan ihr den überhaupt je gesagt?

»Hallo?«, kam es aus dem Hörer.

Helga räusperte sich. »Ist Jan da?«

Einen Moment war es still in der Leitung. Dann: »Helga?«

Sie umklammerte den Hörer fester. Wieso hatte sie seine Stimme nicht gleich erkannt? Obgleich sie sich über das Telefon etwas tiefer anhörte, bestand kein Zweifel daran, dass sie ihren Freund am Apparat hatte. *Freund*! Sie lächelte.

»Helga, bist du es?«, kam es aus dem Hörer.

Sie nickte eifrig. Dämlich. Er konnte sie über das Telefon gar nicht sehen. Doch ihre Kehle war wie zugeschnürt. Es kam ihr vor, als hätten sie sich eine Ewigkeit nicht gesprochen. Nicht geküsst. Nicht ...

»Halo-o?«

Wenn sie nicht gleich etwas sagte, würde er auflegen. »Hi«, hauchte sie.

»Wow, was für eine Überraschung«, stellte Jan fest. »Von wo ..., ich meine, nachdem was du mir über das Kloster erzählt hast, habe ich nicht damit gerechnet, dass du mich so schnell anrufst.«

»Ich auch nicht«, stammelte Helga.

»Wie geht es dir? Was gibt es Neues?« Seine Stimme wurde sanfter. »Du fehlst mir.«

Helga drückte den Hörer fester ans Ohr. Was hatte Jan da gerade gesagt? Ihre Hände zitterten. »Du mir auch.«

Einen Moment schwiegen beide.

Wäre er hier, hätte sie seine Hände genommen und ihn geküsst. Ob seine Lippen ...

Jetzt war nicht die Zeit für sowas. Sie hatte ihn aus einem anderen Grund angerufen. »Ich brauche deine Hilfe.«

»Was ist passiert?« Er klang besorgt.

»Können wir reden?«, fragte sie. Womöglich stand Jans Großvater in der Nähe und hörte jedes Wort mit.

»Ich bin allein.«

»Gut. Es ist kompliziert«, begann Helga. Sie hatte sich vor dem Telefonat keine Gedanken darüber gemacht, was sie Jan erzählen sollte. Wie viel sie ihm erzählen sollte. Aber sie wollte ihn auf keinen Fall verschrecken. Das würde noch früh genug passieren. Also quasselte sie einfach drauf los.

»Du hast erwähnt, dass ihr am Hafen lebt und - ähm - dein Großvater ein Schiff hat.«

»Hä!?« Jan klang verwirrt.

»Könnte man damit über den Atlantik segeln?«

»Warum willst du das wissen?«

Helga atmete durch. »Weil ich es mir ausborgen will.«

»Was?«

Wie viel konnte sie ihm erzählen? Anlügen wollte sie ihn nicht. »Ich habe eine Karte gefunden«, sagte sie. »Sie gehörte Sem. Du weißt schon. Der Freund, der von dem Mann getötet wurde, der auch uns töten wollte. Ich will wissen warum. Diese Karte führt zu einer Insel. Dort soll es jemanden geben, der die Antworten kennt.«

»Tatsächlich?«, fragte Jan.

»Hilf mir, diese Insel zu finden! Wenn du mir deine Adresse gibst, werde ich mich noch heute Nacht davonschleichen und zu dir kommen.« Dass sie von Japhet und einem Geist begleitet werden würde, ließ sie besser unerwähnt.

»Nein«, sagte Jan.

Helga biss sich auf die Zunge. »Ich weiß, es ist viel verlangt, aber ...«

»Ich komme zu dir«, sagte Jan. »Das geht schneller. Sag mir nur wann und wo.«

Schritte am Gang.

»Verdammt, da kommt jemand.« Sie wirbelte herum. »Beim hinteren Tor. Zweiundzwanzig Uhr.« Dann legte sie auf.

Die Klinke bewegte sich nach unten. Sie duckte sich und versteckte sich unter dem Schreibtisch.

Die Tür ging auf.

Jemand betrat das Büro.

»Wo habe ich denn nur ...«

Pius Stimme.

Er kam zum Schreibtisch. Papier raschelte. »Ah, hier ist es ja«, murmelte er und ließ sich auf den Drehstuhl nieder.

Irgendetwas knallte auf die Tischplatte. Ein rollendes Geräusch und dann ...

Neben Helga landete ein Kugelschreiber. Sie riss die Augen auf. Wenn Pius sich bückte, um den Stift aufzuheben, würde er sie entdecken.

Da klingelte das Telefon.

»Wer zum Kuckuck ...«, murmelte Pius und hob ab. »Ja!«
Helga steckte sich die Finger in den Mund.

»Was ist los?« Kurze Pause. »Wohin?« Pius hustete. »Wer spricht da?«

Hatte Jan die Wahlwiederholung gedrückt, um ihr aus der Patsche zu helfen? Hoffentlich klappte es.

»Hallo?« Pius legte auf und stand auf. »Das ist doch ...« Er ging zur Tür, riss sie auf und verschwand.

Helga atmete auf. Das war knapp! Sie lief ebenfalls zur Tür und huschte raus. Gut, dass das Telefon so ein altes Ding war, bei dem man keine Anrufe zurückverfolgen konnte. Pius würde gleich zurückkommen, aber er würde nie herausfinden, wer ihn angerufen hatte.

Sie bog um die Ecke als ...

Volker baute sich vor ihr auf. »Ich glaube wir müssen uns unterhalten.«

Sem

Sem und Japhet warteten beim Tor auf Helga.

»Wo bleibt sie so lange?«, murmelte Japhet. Er umfasste das Vorhängeschloss mit beiden Händen. Zwei, drei Sekunden. Dann ließ er es wieder los. Verärgert trat er gegen das Tor. »Verdammtes Ding. Ich habe alle Zauber ausprobiert, doch das Schloss springt einfach nicht auf.«

»Was machst du hier?« Pater Pius stand plötzlich neben ihnen.

»Wir ..., Ich meine, *ich* ...«, stammelte Japhet.

»Ja?« Der Pater verschränkte die Arme vor der Brust.

»Bleib ruhig«, mahnte Sem Japhet. Wenn Pius ihm jetzt eine Strafe aufbrummte, konnte das ihre ganzen Pläne über den Haufen schmeißen.

»Ich wollte mal wieder abhauen, aber das Schloss ist zu stark.«

Sem starrte Japhet an. Was redete er da?

»Du wolltest was?« Pater Pius stand kurz vor einem Hustenanfall. Schon wanderte seine Hand unter die Kutte, um ein Taschentuch herauszufischen.

»Nur ein Witz.« Japhet sah betreten zu Boden.

Pater Pius' Hand blieb zusammen mit dem Taschentuch in der Luft hängen. »Geh mir aus den Augen. Sofort.«

Japhet rannte los.

»Was sollte das?«, fragte Sem.

»Wieso? Hat doch funktioniert. Er war so perplex, dass er mich ziehen ließ.«

Tja, da musste Sem ihm Recht geben.

Sie liefen über die Stallungen zurück ins Kloster.

»Okay, suchen wir Helga«, sagte Sem. »Ich sehe in ihrem Zimmer nach, du suchst hier unten.«

Japhet nickte.

Doch Helga war weder in ihrem Zimmer noch in einem anderen Zimmer. Ob es ihr wieder schlechter ging und zurück ins Hospital musste? Er durchsuchte auch dort jede Kammer. Doch Helga war definitiv nicht bei den Nonnen. Sem lief gerade an Mutter Anna vorbei, die sich mit Mutter Theresa unterhielt, als er Albines Namen hörte. Er blieb stehen.

»Sie soll in der Nacht wieder ausgeflippt sein«, flüsterte Mutter Anna.

»Und Mutter Henriette will sie immer noch nicht einweisen lassen?«

»Doch«, sagte Mutter Anna. »Nur so sieht Hocke von einer Anzeige ab. Aber Mutter Henriette will keine große Sache daraus machen. Sie will Albine erst heute Abend abholen lassen. Über das Osttor. Wenn es dunkel ist und alle Kinder in ihren Betten liegen.«

Sem überlegte. Das war eine interessante Neuigkeit. Daraus ergab sich eine einmalige Chance.

Er lief zurück in die Meranhalle, wo Japhet schon auf ihn wartete.

»Und hast du Helga gefunden?«, fragte Japhet.

»Nein, aber ich weiß jetzt, wie wir rauskommen«, sagte Sem.

»Wie?«, fragte Japhet. Sem sah sich um. Wollte er ernsthaft hier über ihre bevorstehende Flucht sprechen?

Japhet zog die Augenbrauen hoch. »Solange nur du sprichst, wird es niemand hören.«

Sem seufzte. »Nach dem Mittagessen. Wenn Helga auch dabei ist. Sonst muss ich das Ganze ja zweimal erzählen. Außerdem will ich vorher wissen, was sich Helga ausgedacht hat. Früher oder später muss sie hier auftauchen.«

Und das tat sie dann auch. Fünf Minuten, bevor die Glocke zum Mittagessen läutete.

Sie schneite um die Kurve.

»Wo hast du gesteckt?«, fragten Sem und Japhet wie aus einem Mund. Helga, die nur Japhet hören konnte, sah ihn an und sagte: »Bei Volker. Er hat gesehen, dass ich in Pater Pius Büro eingebrochen bin. Wollte mich in den Karzer stecken. Doch ich konnte mich rausreden. Hat nur etwas gedauert.«

»Volker?«, murmelte Sem.

»Du warst in Pius Büro?«, fragte Japhet. »Wieso?«

»Ich habe uns ein Schiff besorgt.«

»Was?!«

»Erzähle ich dir alles nach dem Mittagessen. Komm!« Helga lief voraus in den Speisesaal. Japhet starrte zu Sem. »Habt ihr euch abgesprochen?« Er seufzte. »Na gut, dann eben *nach* dem Mittagessen.«

Helga

Der Plan war gut. Er hatte nur eine Schwachstelle. Den Mond. Er strahlte viel zu hell auf das Grundstück. Wo war der Lichtschalter, um ihn auszuknipsen? »Kannst du nicht ...«, sagte Helga und zeigte auf ein paar Wolken zu ihrer Linken.

Japhet nickte. »Gute Idee.« Er ballte eine Faust und konzentrierte sich. Die Wolken setzten sich in Bewegung. Helga sah fasziniert zu. Keine Ahnung wie seine Magie funktionierte, aber er schaffte es tatsächlich, eine fette Wolke vor den Mond zu schieben.

Helga lächelte. »Laufen wir los, solange es finster ist.«

Sie rannten über die Wiese zum Tor. Hinter einem Strauch gingen sie in Deckung.

Japhet zog seine schwarze Kapuze vom Kopf. »Und du bist sicher, dass dieser Jan auftaucht?«, fragte er.

»Ja«, antwortete Helga, doch es klang selbst in ihren Ohren nicht sehr überzeugend. Ihr Telefonat war unterbrochen worden, was wenn ...

»Er wird zum Tor kommen«, sagte sie laut, um sich selbst zu überzeugen. Aber ob er es auch schaffte, das Vorhängeschloss zu knacken? Wenn nicht, mussten sie warten, bis die Sanitäter durchfuhren. So oder so, sie würden das Kloster über dieses Tor heute verlassen.

»Nein Sem, das kannst du vergessen«, sagte Japhet plötzlich. »Hmm. Okay. Das vielleicht.«

Helga fuchtelte mit der flachen Hand in die Richtung, in der sie Sem vermutete. Da er das Halsband nicht trug, konnte sie ihn weder hören noch sehen.

»Ich hasse es, nur eine Hälfte von eurem Gespräch mitzubekommen.«

Japhets Hand landete auf Helgas Schulter. »Psst, hier ist jemand.«

Helga hielt den Atem an. Sie hatte nichts gehört.

Einen Augenblick lang herrschte absolute Stille, dann ...

»Hallo. Ihr seht aus, als könntet ihr meine Hilfe gebrauchen.« Ein Schatten tauchte plötzlich auf der anderen Seite des Tors auf.

»Jan.« Helga stürmte auf ihn zu. »Du bist gekommen. Du bist wirklich gekommen.«

»Hast du daran gezweifelt?«

Sie schüttelte den Kopf, während sie die Hände durch die Stäbe streckte. »Nein. Seit wann ...«

»Nicht so laut.« Seine Finger berührten ihre sanft. Dann blickte er zu Japhet. »Wer ist das?«

»Jan, Japhet. Japhet, Jan«, sagte Helga.

Sie nickten einander zu.

»Glaubst du, dass du das Tor aufbekommst?«, fragte Helga.

Japhet trat neben sie. »Es ist unmöglich.« Er musterte Jan ganz genau.

»Hmpf.« Ohne mit der Wimper zu zucken, schob Jan irgendeine Nadel in das Schloss und fuchtelte damit herum, bis es klickte.

»Das gibt's nicht«, stammelte Japhet.

Helga strahlte. Hoffentlich erwog Jan keine Laufbahn als Einbrecher.

Japhet drückte das Tor auf. »Nichts wie weg von hier.«

»Wie bist du hergekommen?«, fragte Helga.

»Mit dem Auto. Hab es unten an der Kreuzung geparkt«, sagte Jan.

»Du hast einen Führerschein?« Japhet betrachtete Jan von oben bis unten. »Wie alt bist du?«

Jan lächelte. »Zu jung. Es ist das Auto von meinem Opa.«

Der Strahl einer Taschenlampe traf Helga direkt im Gesicht.

»Nun sieh einer an.«

Sie schluckte. Verdammt.

Das Licht der Taschenlampe wanderte weiter zu Japhet und Jan, wo es stehen blieb.

»Wer bist du?«, brummte eine Stimme.

Helga kniff die Augen zusammen, um den Träger der Taschenlampe zu identifizieren.

Pater Pius? Nein. Die Person war wesentlich schlanker und ...

»Volker?«, sagte Japhet.

Helga fiel ein Stein vom Herzen. Mit Volker würden sie fertig werden.

»Ich habe dem Jungen neben dir eine Frage gestellt«, antwortete Volker.

»Ich heiße Jan«, antwortete Jan.

»Schön für dich, Jan. Was hast du hier verloren? Was habt ihr *alle* hier verloren?«

Das Gleiche könnte Helga ihn auch fragen. Was hatte Volker hier draußen zu suchen?

Volker kam näher, ohne die Taschenlampe zu senken. Die Lippen fest zusammengepresst, betrachtete er einen nach dem anderen.

»Abhauen, was denkst du denn?«, antwortete Japhet frech.

Volker schüttelte den Kopf. »Das kann ich nicht zulassen.«

»Warum nicht? Wäre nicht das erste Mal.«

»Japhet Morsus, ich bin kein Novize mehr. Mehr Respekt bitte!«

Japhet prustete los. »Kann sein, dass die Masche bei den jüngeren Kindern zieht, nicht bei mir.«

Die Ohrfeige traf ihn völlig unvorbereitet.

Helga zuckte zusammen. Sie hatte sich getäuscht. Es würde doch nicht so einfach werden, mit Volker fertig zu werden.

Japhet rieb sich die Wange. Damit hatte er nicht gerechnet. Nicht nachdem ihm Volker im letzten Sommer mit Swetlana geholfen hatte. Was war nur in ihn gefahren?

Japhet biss die Zähne zusammen. »Ohrfeigen? Gehört das zum Mönchwerden dazu?«

Helga konnte sich gut vorstellen, wie Japhet sich gerade fühlte. Nie wieder sollte ein Mönch an ihm Hand anlegen.

»Ich tue nur, was ich für richtig erachte«, sagte Volker.

»Und *das* hältst du für richtig?« Japhet ballte eine Faust und schlug Volker mitten ins Gesicht.

»Nicht!«, rief Jan.

Zu spät. Volker landete mit dem Gesicht voraus im Gras. Regungslos blieb er liegen.

Jan starrte Japhet an. »Bist du verrückt?«

»Das verstehst du nicht.« Japhet drehte sich zu Helga.

Sie sah verlegen zu Boden.

»Was? Er hat mich zuerst geschlagen«, sagte Japhet. Jan kniete sich zu Volker. »Eine Ohrfeige ist doch wohl etwas anderes als ein Faustschlag.« Er drehte ihn auf die Seite und tastete nach dem Puls. »Wenigstens lebt er noch.«

»Na dann.« Japhet zeigte zu der Stelle, an der er Jans Auto vermutete. »Los, lasst uns verschwinden!« Er nahm Helgas Hand und zerrte sie die Straße entlang. Sie ließ es geschehen.

Ein Fehler.

Jan starrte Helga an, als würde er sie nicht wiedererkennen. »Als du mich darum gebeten hast, dir zu helfen, habe ich nicht gedacht ... Ich will hier niemanden auf den Gewissen haben.«

Japhet verdrehte die Augen. »Der kommt gleich wieder zu sich.«

Helga biss sich auf die Unterlippe. Und wenn nicht? Wo Jan Recht hatte, hatte er Recht. Es war unverantwortlich, Volker einfach liegen zu lassen.

»Was?«, schrie Japhet plötzlich.

Jan runzelte die Stirn.

»Auf keinen Fall. Wie stellst du dir das vor?«, fuhr Japhet fort.

Jan sah Helga fragend an. »Mit wem redet er?«

»Ähm.« Helga räusperte sich.

Japhet beachtete sie nicht. »Okay, Sem«, sagte er stattdessen gedehnt. »Aber auf deine Verantwortung.« Er stapfte zurück zu Volker.

»Was hat er? Hat er das öfter?«, wollte Jan wissen. Dann runzelte er die Stirn. »Moment. Sem? Ist das nicht ...«

Helga antwortete nicht. Was sollte sie sagen? Dass sich Japhet gerade mit einem Geist unterhalten hatte? Nein. Sie brauchte eine Ausrede.

»Weißt du ...«, druckste sie herum.

»Schon gut«, unterbrach Jan sie. »Dafür haben wir später Zeit.«

Helga nickte erleichtert. Sie rannte zu Japhet.

»Was ist los?«, flüsterte sie.

»Sem will, dass wir Volker mitnehmen. Stell dir vor, er sieht das Ganze wie Jan.«

Helga lächelte. Typisch Sem.

Japhet packte Volkers Arme und schleifte ihn die Straße entlang.

»Kann ich dir irgendwie helfen?«, fragte Helga.

»Nein!«, brüllte Japhet zurück.

Wow, der war ja richtig gut drauf. Ein Wunder, dass noch keine weiteren Mönche auf sie aufmerksam geworden waren.

Japhet kam an Jan vorbei. »Wir nehmen ihn mit. Zufrieden?«

Jan schwieg. Anscheinend war das nicht ganz die Lösung, die er sich vorgestellt hatte.

Helga lief zu ihm. »Sobald er zu sich kommt, schmeißen wir ihn raus. Nicht wortwörtlich versteht sich.«

»Schon klar.«

»Wo steht das Auto?«, stöhnte Japhet.

Jan ließ Helga stehen und spurte zu ihm. »Da vorne, hinter den Büschen. Der rote VW.«

»Ich sehe ihn.« Japhet schleifte Volker hin, öffnete die Tür und kletterte ins Auto. »Hilf mir, ihn auf die Rückbank zu legen.«

Jan atmete durch, half ihm dann aber. Er packte Volkers Füße. Gemeinsam zerrten sie ihn ins Auto.

Helga betrachtete die beiden Jungs kopfschüttelnd. Dafür konnten sie in den Knast wandern. Ein Motorengeräusch aus der Ferne ließ sie alle zusammenzucken.

Scheinwerfer rollten an. Dabei konnte es sich nur um die Ambulanz handeln. Ausgerechnet jetzt!

»Ins Auto und duckt euch!«, sagte Jan.

Japhet setzte sich nach hinten zu Volker. Helga auf den Beifahrersitz. Sie schlugen die Türen zu.

»Ganz ruhig bleiben und nicht bewegen«, sagte Jan. Die Ambulanz fuhr an ihnen vorbei zum Tor.

»Hast du das Schloss wieder vorgemacht?«, fragte Helga Jan.

Er nickte leicht. Was wohl ein Fehler war. Volker war bestimmt geschickt worden, um der Rettung aufzumachen.

»Worauf warten die?«, fragte Japhet.

»Auf Volker«, sagte Jan. »Zieh ihm die Kutte aus.«

»Wie bitte?«

»Mach schon. Ich habe eine Idee.«

»Wer weiß, was der darunter trägt«, sagte Japhet, tat es dann aber. Er zog ihm die Kutte über die Schultern und reichte den Stoff Jan. Immerhin war Volker unter der Kutte vollständig bekleidet.

Jan stülpte sich den Kittel über und stieg aus dem Auto. »Bin gleich zurück«, sagte er. Dann lief er zum Rettungswagen. Klopfte an die Scheibe. Helga konnte nicht verstehen,

was er sagte. Er ging zum Tor und öffnete es für die Sanitäter. Dann winkte er sie vorbei und schloss es hinter ihnen
wieder. Er wartete noch ein paar Sekunden, dann kam er
zurück. Helga und Japhet starrten ihn an.

»Einen Moment lang war ich Volker«, sagte Jan und zog
die Kutte wieder aus. »War wohl doch gut, dass wir Volker
nicht einfach liegen gelassen haben«, sagte er zu Japhet. Der
schwieg.

Jan setzte sich ans Steuer.

Sekunden später fuhren sie los.

Japhet

Japhet musterte Jans Gesicht im Rückspiegel des roten VWs von hinten. Was störte ihn an dem Kerl? Die Stimme? Sein Lächeln? Die Ähnlichkeit mit Sem? Die Art, wie er Helga ansah? Immer wieder blickte Jan zu ihr auf den Beifahrersitz. Nein. Das war es nicht.

Es war etwas anderes.

Etwas, dass er nicht benennen konnte.

Etwas ...

»Warum glotzt du ihn so an?«, fragte Sem. Der saß über dem bewusstlosen Volker. Was recht merkwürdig aussah.

»Naja«, flüsterte Japhet. »Findest du nicht auch, dass mit dem Kerl da vorne was nicht stimmt?«

Sem schüttelte den Kopf. »Nee. Aber ich bin mir fast sicher, dass er das Gleiche über dich denkt.«

Helga

Sie sah aus dem Fenster und ließ die Bäume vorbeiziehen. Im Radio lief Michael Jacksons *Thriller*. Sie mochte das Lied nicht. Obwohl es zum erfolgreichsten Album aller Zeiten gehörte. Am liebsten hätte sie es ausgemacht, doch dann hätte Jan mitbekommen, wie Japhet auf der Rückbank mit sich selbst redete. Sie blickte ihn über ihre Schulter hinweg an. Wollte er, dass Jan ihn für einen kompletten Spinner hielt?

Jan setzte den Blinker und fuhr auf die Hauptstraße. »Wir haben jetzt Zeit, wenn du reden willst ...« Er sah sie von der Seite an. »Über Sem? Deinen Freund da hinten? Unser Reiseziel?«

Sie hätte ihm am liebsten sofort alles erzählt, doch sie schüttelte den Kopf. »Nicht jetzt, nicht während der Autofahrt.« Jan würde noch früh genug erfahren, dass ein Geist mit an Bord war. Sie wollte nicht riskieren, dass er vor lauter Schreck einen Unfall baute.

»Schon verstanden«, sagte Jan und drehte die Musik ein klein wenig lauter.

Helga schluckte. Wenigstens war Jackson durch ein anderes Lied ersetzt worden.

Would I lie to you?

Japhet

Japhet streckte den Kopf durch die Sitzlehnen nach vorne. »Hey, ist es noch weit?« Sie saßen seit über einer Stunde im Auto und mittlerweile rumpelten sie über eine Straße, die mehr Löcher hatte, als ein Schweizer Käse. Wer weiß, wo Jan sie hinführte?

»In fünf Minuten sind wir da«, sagte Jan.

Japhet zog das Halsband aus seiner Hosentasche. »Na dann.« Er grinste.

»Nicht«, schrie Helga.

»Warum?« Japhet wollte endlich Jans dämliches Gesicht sehen. Schließlich kam es nicht oft vor, dass sich ein Geist vor jemandem materialisierte.

»Weil wir in einem fahrenden Auto sitzen. Und weil ich dich ganz freundlich darum bitte.« Helga blinzelte zweimal mehr als nötig.

»Wovon redet ihr?«, fragte Jan.

»Davon, dass du besser ...«

»Ich glaube, Volker hat sich gerade bewegt«, unterbrach Sem ihn.

Volker keuchte.

»Er wacht auf«, sagte Japhet. »Habt ihr was zum Fesseln dabei?«

Helga wickelte sich ihr Tuch vom Hals und reichte es Japhet. »Nicht zu fest.«

Japhet verdrehte die Augen. Er zurrte das Tuch um Volkers Hände und verknotete es hinter dessen Rücken. »Bin dafür, dass wir ihn einfach im Auto liegen lassen«, sagte er.

»Oder wollt ihr ihn aufs Schiff mitnehmen? Vielleicht gleich bis zur Insel?«

»Nicht so laut« sagte Sem.

Volker hob den Kopf. »Wo bin ich?«

»Geht dich nichts an«, antwortete Japhet und boxte ihm in die Rippen.

Reifen quietschten.

»Wir sind da.« Jan öffnete die Autotür und sprang raus. Mit dem Autoschlüssel in der Hand blieb er vor der Kühlerhaube stehen.

Japhet stieg ebenfalls aus dem Auto, gefolgt von Sem und Helga. Sie warfen die Tür hinter sich zu und ließen Volker allein zurück.

Es roch nach Fisch, Algen und Muscheln, doch ...

»Wo ist der Hafen?«, fragte Japhet. »Ich sehe nur Blechkisten.«

»Das sind Container. Folgt mir!« Jan führte sie hinter die riesigen Boxen und plötzlich standen sie auf einer von hundert Molen, die sich links und rechts von ihnen erstreckten. Dort lagen die Frachter aufgereiht wie auf einer Schnur. Da und dort trieben auch welche im offenen Meer, doch in keinem davon brannte Licht.

Jan verschränkte die Arme vor der Brust. »Also!« Er starrte zuerst Japhet dann Helga an.

»Bist du immer so theatralisch?«, fragte Japhet.

»Führst du immer Selbstgespräche?«, fragte Jan.

»Ich führe keine Selbstgespräche.« Japhet nahm das Halsband und hielt es in die Luft.

»Eigentlich hätte ich Jan vorher gerne erklärt ...« Helgas Einwand kam zu spät.

Japhet legte das Halsband über Sems Kopf. Er wurde sichtbar.

Jan sprang zwei Schritte zurück. »Was um alles in der Welt ...«

»Ähm, das ist Sem. Sem, Jan«, sagte Helga, ehe Japhet irgendetwas sagen konnte.

»Hallo, Jan«, sagte Sem freundlich.

Jan schluckte. »Sem?« Er war verwundert, aber nicht völlig aus dem Häuschen. Dabei wäre eine kleine Ohnmacht ganz amüsant gewesen.

»Helga hat dir bestimmt von mir erzählt«, sagte Sem.

Jan nickte. »Ich dachte, du bist tot.«

»Das bin ich.« Sem kam einen Schritt auf Jan zu. Und noch einen. Bis Jan seine Hand durch Sems Körper schieben konnte.

»Was bist du? Ein Geist?«

»Irgendetwas hält ihn auf dieser Erde«, sagte Helga. »Die Antwort bekommen wir dort.« Sie kramte die Karte aus ihrem Rucksack und zeigte darauf.

»Ich mache Licht«, sagte Japhet. Vielleicht konnte er Jan doch noch aus der Fassung bringen. Er schnippte mit den Fingern und seine Hände brannten. Doch Jan blieb ruhig.

»Bist du ein Zauberer?«, fragte er nur.

»Hat dir das Helga nicht erzählt?«

»Ich glaube, sie hat mir einiges nicht erzählt.«

Helga öffnete den Mund.

»Kein Ding«, sagte Jan und drehte sich zu ihr. »Sem ist ein Geist und Japhet ein Zauberer. Ist doch nichts dabei.«

Meinte er das sarkastisch?

»Gibt es noch mehr Überraschungen?, fragte er Helga. »Was ist mit dir?«

»Ich bin nur eine Gewöhnliche«, sagte sie.

Jan nahm ihre Hand. »Das bist du nicht. Nicht für mich.«

Japhet seufzte. »Können wir uns dann auf die Karte konzentrieren?«

Sie beugten sich darüber.

»Spätes achtzehntes Jahrhundert«, schätzte Jan.

Japhet rollte die Augen. »Woher willst du das wissen?«

»Mein Opa sammelt solche Seekarten. Wo habt ihr die her?«

»Lange Geschichte«, sagte Helga.

»Die Frage ist, kannst du uns zu der Insel fahren, oder nicht?«, fragte Japhet.

»Ähm ...« Jan zeigte auf ein Schiff direkt vor ihnen.

Helga riss die Augen auf. »Sag bloß? Ist das das Schiff von deinem Opa? Das ist ja riesig.« Sie legte die Karte zusammen und rannte darauf zu.

Jan stolperte ihr hinterher. Japhet folgte ihnen.

»Wartet«, rief Sem.

Nur Japhet drehte sich um.

»Was machen wir mit Volker?« Sem zeigte in die Richtung, in der das Auto stand.

Japhet zuckte die Schultern. Nicht sein Problem. »Ihr wolltet ihn mitnehmen, nicht ich«, sagte er und lief weiter.

»Na toll«, murmelte Sem.

Sie gingen den Steg entlang. Helga und Jan hatten das Ende bereits erreicht. Japhet staunte nicht schlecht, als er neben ihnen zu stehen kam.

Das Schiff war mindestens fünfzehn Meter lang.

»Und das verwendet dein Opa zum Fischfang?« Er versuchte so unbeeindruckt, wie möglich, zu klingen.

»Nein. Dafür gibt es die Fischerboote und Frachter. Er machte eine ausladende Handbewegung. Die Yacht ist der einzige Nichtfrachter hier. Normalerweise ankern die viel weiter oben. Jan zog eine Art Brett vom Schiff zum Steg und zeigte darauf. »Nach euch.«

Sem sah sich um. »Dürfen wir das überhaupt? Mitten in der Nacht?«

»Warum nicht?«, sagte Jan.

Helga ging als Erste über die Brücke. Blieb aber plötzlich stehen, als sie las, was auf dem Schiff geschrieben stand. In Messingbuchstaben am Heck des Aufbaues. »Arche Bojan?«

»Biblisch«, sagte Jan. Japhet schubste Helga an, um weiter vorwärtszukommen. Sie sprang an Deck, doch ihr Enthusiasmus war wie weggeblasen. Was hatte sie auf einmal?

Als sie alle auf dem Schiff waren, fragte Jan: »Also, was wollt ihr zuerst sehen?«

Sem steckte seinen Kopf durch die Kajütentür. Jan sperrte sie auf, knipste das Licht an und winkte Helga und die anderen hinein.

»Das ist ja wie in einem Wohnzimmer«, sagte Japhet.

»Ganz genau«, sagte Jan stolz. Unauffällig hob er ein paar Kleidungsstücke und Zeitungen vom Boden und stopfte sie in eine Kiste neben der Tür.

»Ich hab mich schon immer für Schiffe interessiert«, sagte Sem.

Japhet runzelte die Stirn. Das hatte Sem nie erwähnt. Schon sprudelte es aus ihm heraus: »Womit fährt es? Und wie schnell ist es? Zehn Knoten pro Stunde? Mehr? Wo sind Navigations- und Bedienelemente? Zeigst du mir das Steuerhaus? Gibt es eine Brückennock?«

Jan starrte ihn perplex an. »Du kennst dich aus mit Schiffen?«

Sem nickte begeistert. »Ich habe zwar mein Gedächtnis verloren, aber nicht das Wissen darüber, wie sich so ein Schiff steuern lässt.«

Helga trat neben ihn. »Dein Ernst? Du könntest das Schiff steuern?«

»Nein«, sagte Sem. »Ich bin ein Geist.«

»Aber du weißt, wie es geht?«

Sem lächelte. »Ist das wichtig?«

»Naja ...«, stammelte Helga.

»Könnt ihr das später diskutieren?«, sagte Japhet. Sie hatten schon genug Zeit verplempert. Die Mönche würden ihre Flucht zwar erst morgen früh bemerken, trotzdem sollten sie zusehen, endlich in See zu stechen. »Ist es nun möglich, zu der Insel zu fahren?«, fragte er Jan.

»Die Karte ist sehr genau.«

»Aber?«, fragte Helga.

»Das wird eine lange Reise.«

»Auf was warten wir dann noch? Los!« Japhet zeigte aufs offene Meer.

»Habt ihr Volker vergessen?« Sem erinnerte sie daran, dass im Auto immer noch jemand auf seine Freilassung wartete.

»Ich muss mit Sem allein sprechen«, sagte Helga plötzlich. Sie winkte ihn mit sich nach draußen. Japhet und Jan sahen ihnen verdutzt nach, wie sie die Kajüte verließen.

Was sollte das? Warum wollte sie mit Sem allein sprechen? Durch das Fenster sah Japhet, wie Helga die Hände gen Himmel streckte, während Sem den Kopf schüttelte.

»Worüber reden die?«, fragte Jan.

»Sehe ich so aus, als könnte ich Lippenlesen?«, fuhr Japhet Jan an.

»Nein, du siehst so aus, als könntest du überhaupt nicht lesen«, antwortete Jan.

Japhet ballte die Fäuste. »Gut, tragen wir es aus. Hier und jetzt.«

»Was?« Jan schüttelte den Kopf. »Verstehst du keinen Spaß?«

Japhet kniff die Augen zusammen. »Du hast eine sehr merkwürdige Art von Humor.«

Die Tür ging auf und Helga und Sem kamen zurück. Sie sahen beide nicht glücklich aus.

»Wir wissen jetzt, was wir mit Volker machen.«

»Okay«, sagte Japhet gedehnt. Es hatte nicht so ausgesehen, als hätten sie gerade von Volker gesprochen.

Sie verließen das Schiff und rannten zurück zum Auto.

Doch ...

Scheiße!

Die Türen standen offen. Volker war nicht mehr da.

Helga

Helga lief ums Auto, sah nach links, nach rechts, doch Volker war weg.

Warum hatten sie nicht besser auf ihn aufgepasst?

»Wir sollten zurück aufs Schiff gehen und sofort auslaufen«, sagte Japhet.

»Nein«, brummte Jan.

»Aber vermutlich ist Volker schon bei der nächsten Telefonzelle, um mit Pius zu telefonieren.«

»Wir hätten ihn niemals mitnehmen dürfen!«, sagte Helga.

»Dann hätte Japhet ihn nicht niederschlagen sollen«, sagte Jan.

»Hätte ich das nicht getan, wären wir ...«

»Hört auf zu streiten«, sagte Sem. »Volker ist weg und daran können wir nichts ändern. Wir hätten ihn so oder so rausgeworfen. Soll er den Mönchen erzählen, was er weiß.«

»Er könnte gesehen haben, auf welches Schiff wir gegangen sind«, sagte Japhet.

»Das wäre ein Problem«, sagte Jan. »Wenn er dem Hafenmeister steckt, dass ...« Er kratzte sich am Hinterkopf. »Es gibt nur eine Richtung, in die Volker gelaufen sein kann.« Er zeigte die Straße entlang, auf der sich nicht weit entfernt eine Reihe von Lichtern auftaten. »Okay. Ich besorge uns noch ein paar wichtige Sachen vom Speicher und dann stechen wir in See. Ihr bleibt hier, für den unwahrscheinlichen Fall, dass Volker den anderen Weg gewählt hat und zurück kommt.«

»Nein, ich gehe mit dir«, sagte Helga.

Sem warf ihr einen bedeutungsvollen Blick zu.

Jan zögerte. »Gut«, sagte er schließlich. »Dann los!« Sie liefen die Straße entlang an den Containern vorbei bis zu einem runden Gebäude, aus dem es stark nach Fisch roch.

»Warum ist hier niemand?«

»Am Containerhafen sind hauptsächlich Stauer beschäftigt. Die kommen erst morgen wieder.« Er zog einen Schlüsselbund aus der Hosentasche und suchte nach dem richtigen Schlüssel.

»Du benützt auch Schlüssel?«, scherzte Helga.

»Ich bin kein Dieb. Der Speicher gehört meinem Opa«, erklärte Jan und sperrte die Tür auf.

Fünf Minuten später hatten sie alles, was sie brauchten. Einen Benzinkanister, zwei Gaskartuschen einen Rucksack mit Konservendosen, Fischfutter und eine Angelausrüstung.

»Was ist hinter dieser Tür?«, fragte Helga und zeigte auf eine Stahltür, neben der eine Eisenstange lehnte und über der ein riesiges Fischernetz hing.

»Elektrogeräte und so was«, sagte Jan.

»Ein Radio?«, fragte Helga.

»Hab ich an Bord.«

»Dann eben ...« Sie lief zur Tür, drückte die Klinke und schlupfte in den dunklen Raum. Viel konnte sie nicht erkennen. Er war fensterlos und es gab keine weitere Tür.

Perfekt!

»Wir sollten nicht zu lange ...«, begann Jan und folgte ihr durch die Tür. Er ging tiefer hinein. »Helga ...«, fragte er.

Sie rannte hinaus, schlug die Tür zu und verkeilte sie mit der Eisenstange.

Jan klopfte dagegen. »Was soll das?«

»Du kannst nicht mitkommen«, sagte Helga. Sie vergewisserte sich, dass die Tür nicht mehr aufging.

»Was?« Seine Stimme schnallte zwei Oktaven höher.

»Zu deiner eigenen Sicherheit. Glaub mir.« Sie unterdrückte die Tränen. Dann verließ sie den Speicher.

Japhet

Japhet und Sem hockten neben dem Wagen und warteten. Es wurde zunehmend kälter, Wind kam auf und das Meer rauschte lauter. Zeitungspapier und Plastiktüten tanzten über den rissigen Asphalt. Entfernt grollte der Donner. Wahrscheinlich würde es bald regnen.

»Wo bleiben die so lange?«, fragte Japhet.

»Helga wird jeden Moment zurück sein«, sagte Sem.

»Mit ihrem Freund«, ergänzte Japhet.

»Nein, der nicht«, murmelte Sem.

Japhet runzelte die Stirn. »Wir werden ohne ihn fahren?« Nicht, dass ihm das etwas ausgemacht hätte, aber ...

»Helga hat Angst, dass er die Reise nicht überlebt.«

»Hä?«

»Als sie im Hospital war, hatte Albine wieder einen ihrer Anfälle. Sie brüllte, dass nur die Kinder von Noah überleben werden.«

»Wovon sprichst du?«

»Damit sind wir gemeint. Sem, Japhet und Ham. So hießen die Kinder von Noah.«

»Ach wirklich? Seit wann kümmert es uns, was Albine faselt?«

»Sie hat auch meinen Tod vorhergesehen.«

Das war ein Argument.

Plötzlich sprang Sem auf. Zwei Personen tauchten auf der Straße auf.

»Sieht so aus, als hätte Helga Jan doch nicht abschütteln können.«

Sem kniff die Augen zusammen. »Das sind sie nicht.«

»Sicher?«, fragte Japhet. Die Schritte kamen ihm vertraut vor, doch Sem hatte recht. Beide trugen Kappen, die sie tief ins Gesicht gezogen hatten.

Japhet zog Sem das Halsband über den Kopf. Besser, er war unsichtbar.

Die Fremden kamen näher, direkt auf sie zu, hoben die Köpfe und öffneten den Mund.

»Das ist ja eine Überraschung.«

»Riesenüberraschung!«

Japhet stockte der Atem. Diese Stimmen!

Ihm fiel ein, was Hector gesagt hatte. Wo seine Freunde arbeiteten.

Am Hafen.

Er hatte nicht gelogen. Hier standen sie.

Nick und B5. Seine ehemaligen Zimmerkollegen und schlimmsten Feinde. Jahre lang hatten sie nichts anderes im Kopf gehabt, als ihn zu quälen. Mit dem Ausscheiden aus dem CuraNaus im letzten Schuljahr, hatte Japhet gedacht, er sei sie los. So konnte man sich irren.

»Morsus, hätte nicht gedacht, deine dämliche Visage wieder zu sehen«, sagte Nick.

»Dasselbe wollte ich auch gerade sagen.«

B5 knirschte mit den Zähnen. Dass die beiden Jungs nach der Schule zusammengeblieben waren, wunderte ihn nicht. Sie brauchten sich gegenseitig, um bis zehn zu zählen.

»Ich hab ja daran gezweifelt, als Volker meinte, dich hier zu finden. Dich und ... Wo ist der Rest deiner Clique?«

Japhet sah zu Sem. Gut, dass er ihm das Halsband abgenommen hatte. »Weg«, antwortete er knapp und fragte: »Volker?«

»Er ist die Straße entlanggetorkelt. Wollte unbedingt telefonieren. Schätze, dass Pius mittlerweile weiß, wo du bist. Aber bis der hier auftaucht, haben wir noch etwas Zeit.«

Japhet runzelte die Stirn. Zeit?

»Du solltest abhauen«, sagte Sem.

Nick grinste. »Schon merkwürdig, wie der Zufall so spielt. Ich habe Pius gebeten, mich nach der Schule noch mal ins Kloster zu lassen. Er wollte nicht. Auch Hocke konnte nichts tun. Dabei wollte ich unbedingt zu dir.« Er schob seinen Ärmel hoch. An den Unterarmen waren immer noch die Narben zu sehen, die Japhet ihm eingebrannt hatte. »Nacht für Nacht habe ich davon geträumt, mich zu rächen. Meine Gebete wurden erhört.«

Japhet bezweifelte, dass Nick auch nur ein einziges Gebet kannte.

»Ich wusste, dass dich die Aktion von damals irgendwann einholt«, murmelte Sem.

Japhet steckte die Hände in die Hosentaschen. Der Brand war nichts im Vergleich zu den Dingen, die er sich jahrelang von Nick hatte gefallen lassen müssen.

»Hast du dir selbst eingebrockt. Wenn du keine Lust auf weitere Narben hast, lässt du mich jetzt besser in Ruhe«, sagte Japhet.

Nick lachte. »Dachte, dass du so was sagen würdest.«

»Du kannst denken? Ist ja was ganz Neues.« Nie wieder würde Nick an ihn Hand anlegen! Er konzentrierte sich und ballte seine Hände in den Hosentaschen. Seine Kräfte waren im letzten Jahr stärker geworden und das Feuer, das sich in seinem Körper ausbreitete ...

... erlosch!

Was war plötzlich los? Japhet atmete ein und aus.

»Ist dir nicht gut?«, fragte Nick. »Glaubst du, ich würde mich dir nochmal in den Weg stellen, ohne Vorkehrungen getroffen zu haben.« Er öffnete seine Hand. Darin lag ein Stein. »War nicht billig, aber ich sehe, er ist jeden Penny wert.«

Ein Magieblocker! Japhet hatte in Zokling davon gehört. Es erforderte jahrelanges Training, dagegen anzukommen.

»Hau ab!«, sagte Sem. Japhet nickte. Er drehte sich um, doch B5 war hinter ihn getreten und versperrte ihm den Weg. Auch Nick kam näher. »Jetzt wird abgerechnet«, sagte er.

»Pass auf!«, schrie Sem. Zu spät.

Der Schlag traf ihn so hart, dass er nicht mal mehr *Autsch* denken konnte, ehe er das Bewusstsein verlor.

Mit offenem Mund und ausgetrockneten Lippen starrte er auf die Kadaver am Fußboden. Zwanzig, dreißig waren es ganz bestimmt, doch so genau ließ sich das nicht sagen. Zu viele zerstörte Körper, zu viel Blut. Überall.

Japhet hatte schon oft Spinnen zertreten und Fliegen zerklatscht, aber er hatte ihnen noch nie Beine und Flügeln ausgerissen, nur um zu sehen, wie lange sie danach noch lebten. Es war nicht nur eklig, sondern barbarisch. Wie sollte er in diesem Zimmer jemals wieder ein Auge zutun? Er wollte auf der Stelle umdrehen, doch sie hatten ihn bereits bemerkt.

»Mach die Tür zu«, sagte Nick. Japhet schluckte.

»Und? Hast du einen finden können?«, fuhr Nick fort.

Japhet schüttelte den Kopf.

»Und was hältst du da in deiner Hand?«

Japhet traute sich nicht, nach unten zu sehen. Wenn er die Finger nur fest genug verschloss ...

B5 war bereits bei ihm, umklammerte Japhets Handgelenk und zwang ihn, die Faust zu öffnen. Der Regenwurm, den er vor fünf Minuten aus dem Schlamm gefischt hatte, landete auf dem Boden.

»Schönes Exemplar«, lachte Nick.

Seine Zimmerkollegen hatten ihn nach draußen geschickt, um einen zu suchen. Sie hatten ihn freundlich darum gebeten. Ihn. Den Neuling. Zum ersten Mal ohne Drohung. Einfach so. Er hätte wissen müssen, was sie mit dem Wurm vorhatten.

»Ich denke nicht, dass ...«, stammelte Japhet.

»Du sollst nicht denken, dafür bist du noch zu klein.«

B5 schnappte sich den Wurm und legte ihn auf den Tisch. »Auf drei, zwei, eins.« Mit einem Küchenmesser halbierte er das Tier.

Japhet riss den Kopf zur Seite, doch eine innere Stimme befahl ihm, wieder hinzusehen. »Hört auf«, flüsterte er.

Nick und B5 reagierten nicht. Zu sehr waren sie mit dem Quälen des Tiers beschäftigt. Stück für Stück zerhackten sie es weiter, ohne die Zeiger der Uhr aus den Augen zu lassen.

»Ob der länger durchhält, als der Weberknecht vorhin?«

Japhet griff nach einem Buch im Regal und hob es über seinen Kopf. Mit aller Kraft schlug er auf die Teile des Regenwurmes. Wieder und wieder. Hauptsache, das Tier musste nicht länger leiden.

Japhet hatte nicht mitbekommen, dass die Tür aufgerissen worden war. Frater Friedrich brüllte: »WAS IST HIER LOS?«

Nick starrte ihn an, unschuldig. »Der Neue ist völlig von der Rolle. Sehen Sie nur, was er mit den Tieren gemacht hat.«

»Ich?«, japste Japhet. »Die haben doch ...«

84

»Halt deinen Mund«, herrschte ihn Frater Friedrich an. »Ich hab genau gesehen, was du getan hast.« Er drückte seine Hand in Japhets Nacken, so fest, dass dieser in die Knie gehen musste. »Du wanderst in den Karzer!«

»Aber ...« Er bekam kaum noch Luft.
Luft.

Er schnappte nach Luft.

Wo war er? Was war passiert?

Seine Hand griff in etwas Klebriges. Feuchtes. Ein toter Fisch? Waren es nicht eben noch tote Würmer gewesen?

Er riss die Augen auf und starrte auf seine Hände. Sie waren mit einem Strick an ein rostiges Rohr gebunden.

»Pss«, flüsterte Helga. Sie hockte neben ihm. »Sie sollen nicht merken, dass du wach bist.«

Japhet blinzelte. Wo war er? Und was hatte Helga hier zu suchen? Er entdeckte Nick und B5, die entfernt an einem Tisch standen und irgendwelche Schiffsteile lackierten. Es roch intensiv nach Farbe und Terpentin.

»Wo sind wir?«, flüsterte Japhet. »In einer Werft«, sagte Helga. »Ich versuche, dich schon seit einer Stunde wach zu rütteln.«

So lange war er weg gewesen? »Wie haben sie dich ...«

»Ich war auf dem Weg zurück, als ich ihnen in die Arme gelaufen bin. Als ich sah, wen sie mit sich schleppten, war es schon zu spät. Tut mir leid.«

»Du hättest nichts tun können.« Japhet wagte einen Blick nach rechts. »Wo ist Sem?«

»Keine Ahnung. Hast du ihm das Halsband abgenommen?«

Japhet nickte. »Was machen wir jetzt?«

»Kannst du nicht zaubern?«

»Sie blockieren meine Kräfte.«

»Verdammt. Dann bleibt mir wohl keine andere Wahl«, sagte Helga.

»Wovon sprichst du?«

»Unweit entfernt steht ein Speicher. Dort habe ich Jan eingesperrt.«

»Ach ja«, murmelte Japhet.

»Sem muss ihm Bescheid sagen und ihn befreien.«

»Sem ist nicht hier«, sagte Japhet.

»Falsch«, antwortete Sem plötzlich. Er hockte sich neben Japhet. »Hab mir nur kurz die Gegend angesehen. Helgas Idee ist gut. Allerdings musst du mir dafür das Halsband wieder anlegen.«

»Und dich draußen herumspazieren lassen. Zu gefährlich. Was wenn ...«

»Ich pass schon auf«, unterbrach Sem ihn. »Und jetzt mach schon! Wer weiß, was die noch mit euch vorhaben?«

Japhet tastete nach dem Band. Ein Glück, dass sie ihm das nicht weggenommen hatten. Anscheinend hielten sie es für ungefährlich. Aber sein Taschenmesser fehlte.

Sem streckte ihm den Kopf entgegen. »Geht es so?«

»Es muss.« Japhet starrte zu Nick und B5, doch die waren nach wie vor anderweitig beschäftigt. Er legte Sem das Halsband um. Sem materialisierte sich, nickte ihm und Helga zu und versteckte sich im nächsten Moment hinter einem Fischerboot.

»Bin gleich zurück«, sagte er, und weg war er.

Sem

Sem rannte an den Containern vorbei, die menschenleere Straße entlang. Das Gewitter rollte näher. Tiefschwarze Wolken verdeckten die Sterne und den Mond. Blitze erhellten alles wie am Tag. Der Wind vertrieb die Hitze der letzten Tage.

Er erreichte den Speicher, in dem Helga ihren Freund eingesperrt hatte. Die ersten Regentropfen klatschten aufs Pflaster. Sem schlüpfte durch die Tür.

»Hallo?«, rief er in die Halle. Grüne Fluchtwegbeleuchtungen und Bodenlichter gaben Licht. Der Regen trommelte aufs Dach. Donnerschläge krachten und Blitze zuckten. Angelruten und Fischernetze starrten im stroboskopartigen Licht wie Skelette von den Wänden. Sem lief zu der Tür, in der eine Eisenstange klemmte. Hier musste er sein!

»Jan«, rief er noch einmal.

»Sem?«, fragte Jan. »Bist du es?«

Sem steckte den Kopf durch die Tür. »Wir brauchen dich.«

Jan hockte auf einer umgekippten Bierkiste. An der Decke über ihm hing eine nackte Glühbirne. Er sprang auf, die Birne schwang herum und flackerte. »Könnt ihr mein Schiff nicht steuern? Geschieht euch recht.«

»Darum geht es nicht.«

»Gut, denn es ist mir egal.«

»Aber ...«

»Was soll der Scheiß?«, unterbrach Jan ihn. »Wo ist Helga? Warum hat sie ...«

»Es tut ihr leid«, sagte Sem. »Sie wollte dich nur beschützen.«

»Wovor? Ich ...«

»Hör einfach zu!«

Sem erzählte ihm von Albine und ihrer dämlichen Vorhersage. Helga hatte die Panik bekommen, als sie den Namen des Schiffes gelesen hatte.

»Hm«, war Jans einziger Kommentar. Er schwieg einen Moment, dann sagte er: »Und warum erzählst du mir das jetzt?«

Sem atmete durch. »Die Sache ist die. Helga und Japhet wurden eingesperrt. Keine zwei Minuten von hier. In einer alten Werfthalle.«

»Kenn ich«, sagte Jan. »Von Volker?«

»Nee. Zwei andere Kerle. Ehemalige Zimmerkollegen von Japhet. Fiese Typen.«

»Hol mich hier raus und ich hol sie raus.«

»Wie?«, fragte Sem. »Ich bin doch ein Geist.«

»Hast du dir nichts überlegt?«

»Also eigentlich ...« Sem starrte verlegen nach oben. Genau auf ein kleines Belüftungsrohr. Er zog seinen Kopf zurück aus der Tür und starrte auch dort nach oben. Bingo! Das Rohr ging durch die Wand.

»Das ist es!«, sagte Sem. »Siehst du das Rohr da?«

Jan nickte. »Hab schon versucht, meine Hand durchzustecken. Ich komm nicht weit.«

»Nimm den Besen hinter dir und stoß den Stiel durch das Loch«, sagte Sem.

Jan schob die Bierkiste zur Tür, kletterte darauf und rammte den Besenstiel durch das Rohr. Die Abdeckung auf der anderen Seite landete scheppernd auf den Boden.

»Und jetzt?«

»Die Eisenstange, die Helga vor die Tür geklemmt hat, befindet sich genau darunter«, sagte Sem. »Wenn du so etwas wie einen Haken an den Besen ...«

»Gute Idee«, sagte Jan und zog den Besen zurück. Etwas klapperte. Der Besenstiel kam wieder zum Vorschein. Am Ende hing die Kordel von Jans Pullover und daran baumelte ein Haken. Das Drahtgeflecht einer Sektflasche?

»Du brauchst mehr Schnur«, sagte Sem.

Jan zog den Besen zurück und knotete die Schnur so, dass sie etwas länger wurde. Dann schob er alles zusammen erneut durch das Rohr.

»Die Länge passt«, sagte Sem. »Ein bisschen mehr nach rechts. Zu viel. Nach links. Jetzt nach oben ziehen!«

Die Eisenstange fiel um und rollte vor Sems Füße.

Geschafft!

Jan drückte die Klinke und öffnete die Tür. Er strahlte Sem an. »Das nenne ich Teamwork«, sagte er. Sem nickte. Jan schien nicht mehr böse zu sein. »Befreien wir die anderen!«, sagte er.

Sem lief voraus. Jan folgte ihm durch den Regen. Vor der Werfthalle hielten sie an. Hinter den Milchglasscheiben brannte Licht.

»Ich sehe nach, ob noch alle drinnen sind«, sagte Sem und steckte seinen Kopf durch das Fenster. B5 stand an einem langen Tisch und lackierte Schiffsteile. Japhet und

Helga saßen festgebunden an den Belüftungsrohren. Nick hockte neben Japhet und ...

War das ein Messer in seiner Hand?

Dieser Mistkerl! Er schnitt Japhet in den Unterarm. Sem zog seinen Kopf zurück und lief zu Jan. »Beeil dich! Hinten ist ein Fenster offen, durch das könntest du ...

Jan nahm Sem das Halsband ab und sagte: »Das geht auch subtiler.«

Helga

Es war weit nach Mitternacht, als es an der Tür klopfte.

»Wer ist da?«, brummte B5.

»Sicher jemand, der bei diesem Sauwetter einen Unterschlupf sucht. Lass ihn bloß nicht rein!«, sagte Nick und verpasste Japhet einen tiefen Schnitt. Helga zuckte zusammen. Vor zehn Minuten hatte er angefangen, Japhets Arm zu verletzen. Blut tropfte auf den Boden, doch Japhet gab keinen Laut von sich.

Es klopfte erneut. Energischer.

B5 ging zur Tür und öffnete sie einen Spalt.

»No«, sagte er italienisch. Das hatte er aus einem Mafiafilm. Er wollte die Tür schließen, doch ein Schuh stellte sich in den Türspalt.

»Was soll das?«, blaffte B5. Nick sprang auf und eilte zu ihm.

Zu spät!

Die Tür wurde aufgedrückt. Und da stand er. Jan! Völlig durchnässt, aber wohlauf. Helgas Herz machte einen Sprung.

»Wer bist du?«, fragte Nick, das Messer hinter seinem Rücken.

Jan trat ein. »Bojan Ephraim Noahsohn Khan.« Er verschränkte die Arme vor der Brust und musterte Nick und B5 genau. »Ihr arbeitet für meinen Großvater.« Er zeigte auf einen Anker, der auf dem blauen Overall über der Brusttasche eingestickt war. »Wenn ihr euren Job behalten wollt, schlage ich vor, dass ihr die beiden dahinten sofort losbindet.«

Helga starrte Jan wie vom Donner gerührt an. Noah-sohn? Hatte sie ihn richtig verstanden?

»Du bist Carlos Ephraimsohns Enkelkind?« Nick starrte Jan an. Dann prustete er los. »Das ist ja wohl der beste Witz, den ich je gehört habe.«

»Du glaubst mir nicht? Ein Anruf genügt und ihr seid die längste Zeit Hafenarbeiter gewesen. Ob ihr jemals wieder einen Job bekommt?«

Nick schwieg einen Moment. »Gut«, sagte er schließlich, trat zur Seite und ließ Jan vorbeigehen.

Helga zog die Stirn kraus. Hatte Jan Nick gerade weich-gekocht? Der Einfluss seines Großvaters musste ja gewaltig sein. Sie lächelte ihm zu. Doch kaum hatte Jan Nick den Rü-cken zugedreht, hob dieser das Messer an.

»Pass auf!«, schrie sie.

Jan fuhr herum, sah die Klinge und wich gerade noch rechtzeitig aus.

»Willst du mich umbringen?«, fragte Jan.

»Mal sehen.« Nick und B5 kamen gleichzeitig von vorne und hinten auf Jan zu.

Einen weiteren Stoß mit dem Messer konnte Jan abweh-ren. Er schaffte es sogar, Nick das Messer aus der Hand zu schlagen. Gleichzeitig stieß er mit dem Ellenbogen nach hinten, um B5 zu treffen, doch der wich geschickt aus. B5 grinste und Jan kassierte einen Fausthieb in die Nieren. Er steckte den Schlag mit einem Grunzen weg.

»Ihr seid verrückt!«, schrie Jan. Dann trat er zu. Sein Bein traf B5 mitten im Gesicht. Benommen drehte sich der im Kreis und ging zu Boden.

»Wow. Was war das denn?«, fragte Japhet Helga. »Taekwondo? Kung-Fu?«

Was immer es war, Jan beherrschte es gut. Sie hatte ihn schon einmal kämpfen sehen und wusste, Jan war nicht leicht beizukommen. Nick umklammerte ihn von hinten. Jan machte einen Buckel, um ihn über seine Schulter zu werfen. Doch Zweihundertkilo-Nick war zu schwer. Also duckte er sich und rollte zur Seite. B5 war wieder auf die Beine gesprungen und nutzte den Moment, um sich auf Jan zu werfen. Ihn schleuderte Jan mit links über die Schulter, packte seine Hand und verdrehte sie hinter seinen Rücken.

Nick hob das Messer auf, lief zu Helga und hielt es ihr an den Hals. »Wenn die Kleine leben soll, dann lass meinen Freund los und halt die Füße still.«

Jan zögerte keinen Augenblick. Er trat einen Schritt zurück und hob die Hände.

»Brav.« Nick warf B5 ein Seil vor die Füße. »Fesseln! Und zwar schön fest«, sagte er.

B5 zurrte das Seil um Jans Handgelenk, zog ihn zu einem der Rohre an der Wand und band ihn daran fest.

Japhet blinzelte zu Helga. »Das ist wohl nicht ganz so gelaufen, wie geplant«, sagte er.

B5 verschnürte auch Jans Beine.

»Das werdet ihr bereuen«, sagte Jan.

»Das glaube ich nicht«, erwiderte Nick. Schweiß perlte auf seiner Stirn. »Heute muss mein Glückstag sein. Eigentlich wollte ich mich nur für die Narben meines Armes rächen«, er zeigte auf Japhet, »ihm die gleichen Schmerzen wie mir zufügen und dann irgendwann genüsslich zusehen, wie er von den Mönchen abgeholt wird. Doch nun habe ich für den Rest meines Lebens ausgesorgt.«

Er ging von Helga zu Jan und trat ihm in die Rippen. »Was glaubst du, wie viel bist du deinem Opa Wert?«

Lösegeld. So sah Nicks Plan aus? Toll! Warum musste ihm Jan auch auf die Nase binden, wer er war.

Japhet ballte eine Faust.

»Denk nicht mal dran«, sagte Nick und wandte sich an Japhet. »Deine Tricks kannst du dir sparen. Du kommst hier nicht raus. Nicht in einer Million Jahren. Selbst wenn ich den hier nicht hätte.« Er holte den Stein aus seiner Tasche und warf ihn ein paar Mal in die Luft.

»Ihr wollt Geld?« Jan atmete tief durch. »Dann lasst mich raus und ich spreche mit meinem Großvater.«

»Klappe. Das erledigen wir schon selbst.«

»Ach ja. Wie? Kennt ihr meinen Großvater? Er wird euch keinen einzigen Penny zahlen.«

»Auch nicht für seinen Enkelsohn?«

»Für niemanden. Ihr werdet ihn nicht erreichen.«

Nick verschränkte die Arme vor der Brust. »Du wirst uns den Kontakt herstellen.«

»Das geht nur persönlich.«

Nick lachte. »Ja, klar.« Er drehte sich zu B5. »Geh und lass das Auto verschwinden, ich kümmere mich um ein Telefon.«

B5 nickte und verließ die Halle, Nick verschwand durch eine andere Tür.

»Und jetzt?«, fragte Japhet, kaum waren sie allein. Er rollte unauffällig den Ärmel über seinen blutigen Arm.

Helga sah sich um. »Wo ist Sem.«

»Hier«, antwortete Japhet. Er zeigte neben sich.

»Ich hab ihm das Band abgenommen«, erklärte Jan und zog es aus seiner Tasche.

»Leg es ihm wieder um. Sem soll zu Jans Großvater gehen und ihm sagen, wo er uns findet.«

Japhet rollte die Augen. »Ja, klar. Den wirft es doch aus den Latschen, wenn da plötzlich ein Geist vor ihm steht.«

Helga schüttelte den Kopf. »Das muss er ihm ja nicht auf die Nase binden.«

»Als ob er das nicht erkennen würde.«

»Spielt keine Rolle«, sagte Jan. »Er wird uns nicht helfen.«

»Ach nein?«, fragte Japhet.

»Nein!«

Helga schluckte. »Ich weiß, dass du und dein Großvater nicht ...«

»Nichts weißt du!«, schrie Jan. Er senkte den Kopf. »Tut mir leid. Ich wollte nicht laut werden.« Er schwieg einen Moment. »Mein Großvater ist tot!«

»Was?«, stammelte Helga.

»Mein Großvater ist vor zwei Jahren gestorben. Krebs. Damals war ich vierzehn. Er sagte, ich müsse stark sein und ich dürfe es niemandem erzählen, dass er tot sei. Sonst würde ich in ein Heim kommen und sein Vermögen würde eingefroren, bis ich volljährig sei. Er wies mich in sämtliche Geschäfte ein und regelte Monate vor seinem Tod nur noch alles per Telefon, sodass es nicht auffiel, wenn ich ihn später vertreten würde. Er hat mir genug Bargeld für meine Schulausbildung hinterlassen, dazu die Yacht, die ich im Sommer zum Wohnen nutze.« Jans Augen glänzten. »Er war der beste Opa, den man sich vorstellen kann.«

Helga starrte ihn mit offenem Mund an.

»Ich rede nicht gerne darüber.« Jan machte ein paar merkwürdige Bewegungen und war die Fesseln los.

»Wie machst du das?«, fragte Japhet beeindruckt.

»Erkläre ich dir, wenn du aufhörst, dich wie ein Arschloch aufzuführen.«

Japhet lächelte. »Abgemacht.«

Fix befreite Jan auch ihn und Helga.

»Und wie geht es jetzt weiter?«, fragte Helga.

»Wir sollten aufs Schiff gehen. Was hält uns noch?«, fragte Japhet.

»Das Wetter«, sagte Jan. »Und die Tatsache, dass es *mein* Schiff ist. Vielleicht wollt ihr mich ja wieder zurücklassen?«

Helga wurde rot. »Ich hätte nicht ... Heißt du wirklich Bojan Noahson?«

Jan nickte.

»Dann gibt es überhaupt keinen Grund ...«

»Klärt das später«, sagte Japhet. »Der Fettsack und sein Anhängsel könnten jeden Moment zurückkommen.«

»Gut, wir gehen aufs Schiff«, sagte Jan plötzlich. »Sobald es aufgehört hat zu regnen, stechen wir in See.«

Morsus

Seine Kräfte waren zurück. Endlich! Nach fast einem Jahr waren sie plötzlich wieder da. Es war ein berauschendes Gefühl. Das Feuer in seinem Körper zu spüren, die Flammen auf seiner Haut. Die Luft, mit der er verschmelzen konnte.

Er hatte sich sofort auf den Weg gemacht, um zu beenden, was er begonnen hatte. Doch er war zu spät gekommen und hatte nur ein leeres Bett vorgefunden. Helga war mit Japhet ausgebüxt. Dieses Miststück!

Mit einem Fingerschnippen wollte er sie vernichten. Und Japhet von ihrem Einfluss befreien. Doch jetzt?

Jetzt sprach er schon wieder von sich in der dritten Person.

Dabei wollte er nur zurück. Zurück in die Zukunft. In eine Welt, in der man seinen Namen fürchtete. Wo seine Befehle befolgt wurden. Schon wieder war er meilenweit davon entfernt.

Morsus stand in der Meranhalle, unschlüssig seiner nächsten Schritte. Da tauchten Pater Pius und Frater Teo auf. Die hatten ihm gerade noch gefehlt!

»Und mehr hat er nicht gesagt?«, fragte Pater Pius.

»Nur, dass wir uns beeilen sollen. Ich gehe zum Wagen«, sagte Frater Teo.

»Nichts da«, sagte Pater Pius. »Ich habe genug davon. Sollen Japhet und Helga sehen, wie sie da draußen alleine zurechtkommen.«

Morsus horchte auf. Es gab einen Hinweis von den beiden? Er machte sich bereit, die Information aus den Mönchen herauszuprügeln.

»Und was ist mit Volker?«, fragte Frater Teo. »Er wartet darauf, dass wir ihn am Hafen abholen. Hat irgendetwas von einem Bub gestammelt. Die drei goldenen Anker.«

Genug gehört! Sie waren beim Hafen. Morsus rannte aus dem Kloster, verschmolz mit dem Wind und ließ sich treiben.

Er durfte keine weitere Zeit mehr verlieren.

Japhet

Sie hielten sich schützend die Hände über den Kopf und liefen durch den Regen zurück zum Anlegesteg. Jans Auto stand nicht mehr da. Was hatte B5 damit gemacht? Ob er noch damit unterwegs war? Oder hatten Nick und B5 schon bemerkt, dass sie entkommen waren? Würden sie hier nach ihnen suchen?

Japhet fuhr über seinen verletzten Arm. Sem bemerkte es und fragte: »Tut es sehr weh?«

»Das sind nur Kratzer«, sagte Japhet. »Ihr seid aufgetaucht, bevor es richtig hässlich werden konnte.«

Der Regen ließ nach, und sie liefen zum Schiff. Jan winkte sie alle an Bord, drückte Japhet einen Bootshaken in die Hand und ließ den Motor warmlaufen. Er löste die Bugleinen, dann die Leinen am Heck.

»Alles hört auf mein Kommando«, sagte Jan und sah sich nach allen Seiten um.

Japhet stöhnte.

»Du brauchst gar nicht mit den Augen rollen. Mein Schiff, meine Regeln!«

Morsus

Morsus fegte mit dem Wind über den Hafen. Materialisierte sich vor unzähligen Containern und sog scharf die Luft ein.

Er konnte sie riechen. Khan. Ham. Sie waren ganz in der Nähe. Er starrte zu einer alten Werft.

Hier hielten sie sich versteckt. Er ballte eine Faust.

Jetzt würde er sie ein für alle Mal vernichten. Wenn sie tot waren, würde er in seine Zeit zurückkehren. Sem würde nie geboren werden. Der Junge würde nie in die Vergangenheit reisen und dieses Wirrwarr lostreten können.

Er öffnete die Tür einen Spalt und schlich in die Halle. Endlich war es so weit. Er hob die Hand, brachte sie zum Brennen und ...

Sie waren weg. Morsus lief hinein, drehte sich im Kreis und trat gegen Fässer, Ketten und Kisten.

Im selben Moment stürmten zwei Kerle in die Halle. Morsus erkannte sie sofort.

Der fette Nick und der strohdumme Boris. Besser bekannt als B5. Die beiden waren noch am Leben? Hatte er sie nicht vor vielen Jahren getötet? Er schüttelte den Kopf. Das war in einer anderen Welt zu einer anderen Zeit.

»Hätte nicht gedacht, euch wiederzusehen«, sagte er nüchtern.

»Was?«, brabbelte Nick.

»Wer ist der Alte?«, fragte B5. »Wo sind unsere Gefangenen?«

»Gefangene?«, fragte Morsus. Sie waren hier gewesen und sind entkommen!

Nick glotzte dämlich. »Alter, kennen wir uns?«

Morsus stellte sich vor ihm. »Kann man wohl sagen.« Nick sollte sehen, mit wem er es zu tun hatte.

»Diese Augen. Dieser ... Moment mal. Sind sie Morsus' Vater?«

»Nicht ganz.« Morsus brachte seine Fingerspitzen zum Glühen.

Nicks Hand wanderte in die Hosentasche. Was immer er eingesteckt hatte, Morsus hinderte ihn nicht daran, es herauszuziehen. Nichts konnte ihm etwas anhaben. Schützend hielt Nick einen Stein vor sich.

»Ein Magieblocker? Dein Ernst?« Morsus schnippte mit den Fingern und der Stein zerbröselte.

»Bitte«, stammelte Nick.

»Das ist dafür, dass ich ein Jahr lang auf dem Boden schlafen musste.« Morsus spreizte die Finger und fünf Flammen bohrten sich in Nicks Overall. Nick schlug sich auf die Brust doch Morsus ließ ihm keine Zeit, die brennenden Löcher zu löschen.

»Das ist für die kalte Dusche, mit der ihr mich zu wecken pflegtet, das, dafür, dass ihr mich nachts durch den Flur gescheucht habt, nackt, und dass für alle Lügen, wegen der ich bestraft wurde.« Nach jedem Satz traf Nick eine weitere Flamme. Ob es zu dem Martyrium in der Os-Frango in dieser Zeit bereits gekommen war, spielte keine Rolle.

Nick rührte sich nicht mehr und er erlöste ihn mit einer abschließenden Handbewegung. Nicks Körper zerfiel zu Staub.

B5 riss die Augen auf. »Japhet?«, fragte er und stolperte rückwärts, bis er an die Wand stieß. »Wie ist das möglich?«

»Keine Zeit für Erklärungen«, sagte Morsus und tötete ihn auf der Stelle. Er rannte aus der Werft und löste sich erneut in Luft auf. Lange würde er diesen Zustand nicht mehr annehmen können. Dann waren seine Kräfte verbraucht. Aber bis zu diesem Pub sollten sie noch reichen. Wie hieß das Pub in dem Volker auf Pater Pius warten wollte? Die drei goldenen Anker? Sicher wusste der Novize, wohin Helga und Japhet wollten.

Helga

Der Hafen wurde kleiner und kleiner. Die Sonne ging auf und Möwen segelten knapp über dem Wasser zurück aufs Land. Der Wind spielte in Helgas Haaren und ließ ihr Shirt flattern. Jan umarmte sie von hinten. Helga genoss die Berührung und inhalierte seinen Duft, der sich mit der salzigen Luft vermischte. Er hatte ihr verziehen.

Sem und Japhet kamen aufs Deck. Sie lachten, doch das Lachen endete abrupt. Jan blitzte Japhet giftig an. »Woher hast du das?«

Japhet starrte auf das Butterbrot in seinen Händen. »Aus dem Küchenschrank.«

Jan riss ihm das Brot aus den Fingern. »Wir müssen damit sparsam umgehen.« Sie hatten vor ihrer Abreise nichts mehr kaufen können.

Japhet starrte auf sein Brot. »Ich hab Hunger.«

»Meinst du, ich nicht? Wir haben alle nichts gefrühstückt. Aber ich teile die Mahlzeiten ein. Verstanden?«

»Warum du?«, fragte Japhet.

»Weil du keine Ahnung davon hast.«

»Blödsinn. Ich habe Monate lang im Wald gelebt, allein. Ich weiß, wie man mit Vorräten umgeht. Besser als ...«

»Wir sind hier nicht im Wald«, unterbrach ihn Jan.

»Da ist kein großer Unterschied.«

»Meinst du?« Jan drückte ihm das Brot zurück in die Hand. »Wenn wir erst mitten auf dem Ozean sind, reden wir weiter.«

Japhet stopfte sich das Brot in den Mund. »Kann es kaum erwarten«, antwortete er kauend. Dann schluckte er runter.

»Ich esse euch sicher nichts weg«, sagte Sem.

Niemand lachte.

Jan verschwand ohne ein Wort unter Deck. Es rumpelte, dann kam er wieder zum Vorschein. Eine Angel in der Hand. Er streckte sie Japhet entgegen.

»Kannst du damit umgehen?«

Japhet schüttelte den Kopf.

»Dann wirst du es lernen.«

Helga wartete darauf, dass Japhet Jan die Angel vor die Füße warf, doch das tat er nicht.

»Was ist das?«, fragte er stattdessen.

»Ähm, das sind Rute und Rolle«, antwortete Jan. »Ich habe bereits eine Schnur durch die Führung gezogen und einen Haken dran befestigt.«

»Was ist das für ein Köder?«, fragte Japhet.

Jan lachte. »Das ist ein Korken. So sichert man den Haken.«

Japhet biss die Zähne zusammen. »Das wusste ich.«

»Dieses kleine Metallding ist der Bügel, der hält die Schnur auf der Spule«, sagte Jan.

»Schnur auf Spule«, wiederholte Japhet.

Jan zeigte ihm, wie er die Angel halten sollte und wohin die Finger kamen.

Helga verstand nur Bahnhof, aber Japhet nickte. Jan nahm die Rute über seine Schulter, bewegte die Hand nach vorn und hob den Zeigefinger. Die Schnur landete im Wasser. »Du bist dran.« Er holte die Schnur wieder ein.

»Okay«, sagte Japhet. »Zuerst mach ich etwas mit der rechten Hand und mit dem rechten Zeigefinger, dann mit dem Bügel und ... Au!« Die Schnur landete hinter ihm im Holz.

»Du hast zu früh losgelassen«, sagte Jan.

»Ich hab's genauso gemacht, wie du es mir vorgezeigt hast«, rechtfertigte sich Japhet. Er versuchte es erneut, holte aus und ...

»Getroffen!«

Helga lächelte. »Großartig.«

Japhet lächelte auch. Aber nur für einen kurzen Moment. Er drückte Jan die Angel in die Hand. »War's das?« Er wandte sich an Sem. »Komm mit!« Sie verschwanden in der Kajüte.

Jan sah ihnen konsterniert hinterher.

Helga zuckte die Schultern. »Ihr werdet noch richtig gute Freunde. Du wirst sehen.«

Sem

Sem las den Brief zum wiederholten Mal. Er lag vor ihm ausgebreitet im Steuerhaus; daneben eine Seekarte, das Echolot und ein Fernrohr.

Dear Sem,
wenn du das hier liest, bist du alt genug, um deiner Aufgabe nachzukommen.

Wovon sprach Aragin da? Was war das für eine Aufgabe, der er nachkommen sollte? Ein kleiner Tipp wäre schon toll gewesen. Aber nein. Aragin hatte sich kurzgefasst. Aus Zeitmangel?

Es tut mir leid, deine Erinnerungen gelöscht zu haben, aber ich konnte nicht riskieren, dass du dich zu früh auf den Weg zu mir machst.

Demnach hatte Aragin nur zu seinem Besten gehandelt. Pah! Gab es etwas Schlimmeres, als jemandem die Erinnerungen zu rauben? Sem schüttelte den Kopf. Er hätte es verstanden, wenn er es selbst gewollt hätte, aber das war nicht der Fall gewesen.

Er seufzte.

Die Sirenen verschlingen unter Fünfzehnjährige ausnahmslos.

Wer waren die Sirenen? Er wollte es lieber nicht herausfinden.

Aragin. Sem hatte gehofft, sich an ihn zu erinnern, wenn er den Namen nur oft genug aussprach. Doch so sehr er seine grauen Zellen auch anstrengte, da klingelte nichts.

»Alles in Ordnung?«, fragte Jan.

Sem hatte ihn gar nicht kommen hören. Er drehte sich um. »Guten Morgen.«

Jan kam mit der Hälfte vom Schlaf eines normalen Teenagers aus. Sem war oft langweilig, wenn er nachts auf das Schiff aufpasste. Er redete dann viel mit Jan.

»Du hast dir wieder den Brief durchgelesen«, sagte Jan. Er ging in die Hocke und kramte im Schapp, einem Fach, in dem alle möglichen Gegenstände verstaut waren. »Du solltest mal etwas anderes lesen.« Jan hielt ihm ein dickes Buch vor die Nase. »Hier!«

Eine Gesamtausgabe der Sherlock-Holmes-Romane!

Woher wusste Jan, dass er die Bücher liebte? Er starrte ihn an. »Ich bin der größte Doyle-Fan, den es gibt.«

»Nein, das bin ich«, sagte Jan.

Sie grinsten.

»Aber ich kann nicht darin blättern«, seufzte Sem.

»Dann lese ich dir vor.«

Sem nickte begeistert.

Jan schob das Fach zu, stoppte aber in der Bewegung. Er griff nochmal hinein und brachte ein weiteres Buch zum Vorschein.

»Was ist das?«, fragte Sem.

»Das Logbuch von meinem Großvater.«

Jans Logbuch oder die Arche Bojan

12. Juli

Es ist vier Uhr morgens. Ich bin allein im Steuerhaus, alle anderen schlafen noch. Bis auf Sem. Der schläft nie. Ist an Deck und beobachtet den Wellengang. Er ist der perfekte Skipper. Er kann 24 Stunden am Stück aufmerksam sein. Gefahrensituationen erkennen und entschärfen. Ich mochte ihn vom ersten Moment. Im Gegensatz zu Japhet. Er ist eigenartig. Aber langsam gewöhnen wir uns aneinander. Das müssen wir. Unsere Reise ist schließlich lang.

Wir planten am Tag 150 Meilen zurückzulegen, das entspricht 6 Knoten. Da wir dank Sem aber auch nachts segeln können, werden wir mehr schaffen.

Vor drei Tagen sind wir ausgelaufen. Die Insel, zu der wir wollen, liegt irgendwo im Atlantik. In der Nähe von Brasilien. Die Route steht. Zuerst werden wir nach Portugal fahren, dann zu den Kanarischen Inseln. Teneriffa oder Gran Canaria. Von dort weiter nach Cap Verde. So bleiben wir in Küstennähe. Ehe wir quer über den Atlantik segeln. Etwas, das ich noch nie getan habe. Genauso wie ein Logbuch zu führen. Keine Ahnung, ob ich das richtig mache, aber es ist meine Pflicht, unsere Reise aufzuschreiben.

15. Juli

Großvater warnte mich immer vor dem Golf von Biskaya. Dieses Seegebiet ist für schlechtes Wetter, starke Stürme und extremen Seegang bekannt. Trotzdem mussten wir dort durch. Ich erzählte das weder Helga noch den anderen aber ich machte mich auf das Schlimmste gefasst. Tatsächlich bekamen wir es mit einer

Windstärke von Neun zu tun. Zwischendurch sogar mit einer Zehn. Wir wurden hin und hergeworfen. Und Japhet machte sofort mich dafür verantwortlich. Aber ich hatte keine Zeit mich mit ihm zu streiten. Hatte alle Hände voll zu tun, die Arche Bojan sicher durch den Sturm zu führen. Am Ende kann ich behaupten, das gut gemeistert zu haben. Niemand wurde verletzt und wir schafften es unbeschadet nach Portugal.

16. Juli
  Im Hafen Porto de Leixos füllten wir unsere Vorräte auf. Japhet und Sem blieben dafür ganz schön lange weg.

  Helga war bei mir am Schiff geblieben und half mir die Masten zu reparieren. Die hatten einiges abbekommen.

  Als wir weiterfuhren, war Japhet wie ausgewechselt. Seine Gesichtsfarbe war zurückgekehrt. Er hätte es niemals zugegeben, aber mir war aufgefallen, dass ihm die Reise bisher nicht bekommen war. Dafür sprach auch der Eimer neben seinem Schlafplatz. Zum Glück hatte er als Zauberer irgendeine Möglichkeit gefunden, nicht wirklich seekrank zu werden. Nach unserem Aufenthalt in Portugal war Japhet jedenfalls wie ausgewechselt. Und Helga hatte Recht behalten. Wir wurden Freunde. In den nächsten Tagen spielten wir zusammen Schach oder Poker. Zumindest wenn es draußen ruhig war. In Schach war Sem unschlagbar. Im Pokerspiel Japhet. Helga verlor da wie dort, doch das machte ihr nichts aus. Zumindest tat sie so, als mache es ihr nichts aus.

20. Juli
  Gestern erreichten wir Las Palmas, die Hauptstadt von Gran Canaria und heute war der beste Tag in meinem Leben. Wir

beschlossen, die Nacht auf der Insel zu verbringen, und uns etwas auszuruhen.

Gran Canaria ist eine wunderschöne Insel. Schwarze Lava, weiße Sandstrände und Dünen so weit das Auge reicht.

Japhet und Sem erforschten die Insel und wollten die Nacht im Freien verbringen, ohne Helga und mir. Wir zogen uns nach einem romantischen Strandspaziergang in eine Pension zurück. Was dann passiert ist, behalte ich für mich. Das geht nur Helga und mich was an. Am Morgen frühstückte ich für Drei und danach trafen wir uns alle wieder an Bord. Dann setzten wir unsere Reise fort.

22. Juli

Heute war der bislang heißeste Tag auf See. Wir schwitzten, ohne uns zu bewegen. Helgas Gesicht war knallrot und mir brannte die Kopfhaut, obwohl ich mir eine Kappe aufgesetzt hatte. Japhet, der ein viel dunklerer Typ war, und Sem, dem die Sonne als Geist sowieso nichts anhaben konnte, boten uns an, uns unter Deck abzukühlen. Das nahmen wir dankend an. Als wir ein paar Stunden später wieder an Deck kamen, bemerkte ich, dass sich das Schiff kaum vorwärtsbewegt hatte. Kein Wind! Früher konnte so eine Flaute für Seefahrer tödlich enden. Auch unser Zeitplan wurde damit über den Haufen geworfen. Ich entschied den Motor anzuwerfen, doch Japhet hatte eine andere Idee. Er breitete seine Arme aus, die Segel spannten sich und das Schiff setzte sich in Bewegung. Er konnte tatsächlich das Wetter und den Wind beeinflussen. Ich fragte mich, warum er das nicht schon eher getan hatte. Die Antwort bekam ich, als ich am Abend unseren Wasservorrat prüfte. Der hatte sich drastisch reduziert. Zaubern machte durstig. Bei unserem nächsten Halt, müssen wir mehr Wasser mitnehmen.

26. Juli

Kurz vor Cap Verde hatten wir einen Motorschaden. Was nicht weiter schlimm war, immerhin kamen wir dank Japhet auch so gut voran. Doch vor unserer Atlantiküberquerung musste das repariert werden. Da führte kein Weg dran vorbei. Wir stoppten also auf der kapverdischen Insel Sao Vicente in der Marina von Mindelo, wo es gute Reparaturmöglichkeiten und Serviceleistungen gibt.

Zwei Tage sollten die Reparaturen dauern. Zwei Tage, in denen wir die Insel kennen lernen durften. Eine traumhafte Lagune. Einen grünen Berg. Und eine Kirche, die wirklich einzigartig ist. Sie ist dem Heiligen Josef geweiht, Helgas liebster Heiliger und Schutzpatron der gesamten katholischen Kirche. Die ganze Kirche ist mit dem Nährvater Jesu Christi bemalt, selbst die Fenster. Die Kirche war so beeindruckend, dass wir sie kurz vor unserer Abreise ein zweites Mal besuchten.

Als wir zurück zum Hafen kamen, war die Arche Bojan repariert und stand seeklar im Hafenbecken. Doch einer der Schmierer wollte uns nicht fahren lassen. Nicht ohne meinen Großvater vorher gesprochen zu haben. Das war bisher nie nötig gewesen und ich fragte mich, ob wir gesucht wurden und er uns erkannt hatte. Ich löste das Problem mit einem Bündel Bargeld. Das doppelte vom ursprünglichen Preis. Was mich zwar ärgerte, aber immerhin konnten wir unserer Reise fortsetzen. Und da sind wir jetzt mitten auf dem Ozean. Und unserem Ziel wieder ein Stück näher.

2. August

Wir sind gerade an einem brennenden Schiff vorbeigefahren. Doch es war niemand an Bord. Sem ist rübergesprungen, und hat sich vergewissert. Entweder hat sich die Besatzung bereits in Sicherheit gebracht, oder sie sind allesamt untergegangen. Was immer passiert ist, wir werden es nie erfahren. Denn da das Schiff nicht mehr zu retten war, sparten wir uns einen Funkruf. Wollten nicht auf uns aufmerksam machen. Segelten einfach weiter.

Jetzt, Stunden später, fällt mir ein, dass wir nach dem Logbuch hätten sehen können. Doch wer weiß, was wir dort zu lesen bekommen hätten.

13. August

Immer noch auf hoher See. Und unserem Ziel ganz nah. Keine Vorkommnisse in den letzten Tagen. Nichts, worüber es sich zu Schreiben lohnt. Abgesehen von unsrer Stimmung. Wir kommen gut voran, aber die Nervosität steigt und ist jedem von uns anzumerken. Was wird uns auf der Insel erwarten? Gibt es sie überhaupt? Sie ist auf keiner anderen meiner Karten eingezeichnet. Was, wenn die Koordinaten ins Nichts führen? Und wie geht es nach unserem Abenteuer weiter? Können wir nach dem Sommer wieder in die Schule gehen? Wird es Konsequenzen geben, weil Helga vom CuraNaus ausgerissen ist? Eines ist klar. Wir werden es nicht rechtzeitig zum Schulanfang zurückschaffen.

Das waren die letzten Worte, die Jan in das Logbuch schrieb. Die letzten Worte, die jemals in dieses Logbuch geschrieben wurden.

Das Schiff ruckelte und Jan kippte beinahe vom Steuerstuhl. Ein Seebeben? Die Arche Bojan scherte rechts aus und Jan riss das Steuerrad in die entgegengesetzte Richtung.

Was war hier los?

Jan schnappte sich das Fernrohr und stellte es scharf.

Scheiße!

Sem

Sem hockte an Deck und beobachtete das Meer.

Japhet kam von hinten auf ihn zu. »Hast du das auch gespürt?« Seine Haare standen in alle Richtungen und er rieb sich die Augen. War er gerade erst aufgestanden?

»Was meinst du?«

»Na das Rumpeln. Es hat mich aus dem Bett geworfen.«

»Du hast geträumt. Die See ist so ruhig wie ... Moment mal.«

»Was ist?«, fragte Japhet.

Sem kniff die Augen zusammen. »Hier stimmt was nicht.« Er runzelte die Stirn. »Wir fahren viel zu schnell.«

»Ist doch gut«, antwortete Japhet.

»Überhaupt nicht.« Sem beugte sich über die Reling. »Wir rasen! Als würden wir von irgendetwas angezogen werden.«

»Ein Strudel?«, fragte Japhet.

Jan platzte aus dem Steuerhaus. »Schlimmer.«

Was war schlimmer als ein Strudel?

»Ein Wasserfall!«

»Was? Im offenen Meer? Wie soll das gehen?«, stammelte Japhet.

Statt einer Antwort zeigte Jan hinter sich. »Weck Helga auf. Das hier könnte turbulent werden.«

Japhet stürmte unter Deck. Er war kaum weg, da drehte sich Jan zu Sem. »Um ehrlich zu sein ...«

Sem klappte der Mund auf. Vor ihnen tauchte ein riesiger Wasserfall auf, umschlossen vom weiten Meer. »Was ... was ist das?«

»Schon mal was von einem Unterwasser-Wasserfall gehört?« Jan wischte sich die Hände trocken. »Ich dachte, dass es den nur in Fabeln gibt.«

Es war, als würden sie auf eine Glasplatte zusteuern, die das Meer vor ihnen abdeckte und unter der ein Wasserfall lag.

Atemberaubend.

Und tödlich.

Oder würden sie einfach über die *Glasplatte* hinwegsegeln?

Handelte es sich bloß um eine optische Täuschung?

»Was geht hier vor?« Helga taumelte aufs Deck, erfasste die Situation und stürzte sich in Jans Arme.

Sem winkte Japhet zu, der wie angewurzelt hinter Helga stehen geblieben war.

Noch hundert Meter.

»Wir schaffen das«, flüsterte Sem.

Fünfzig Meter.

Helga breitet die Arme aus. »Kommt her.«

Sem und Japhet drückten sich an Helga und Jan.

Zehn Meter.

Für Sem fühlte sich die Umarmung in diesem Moment so real an, als wäre er noch aus Fleisch und Blut.

Fünf Meter.

Und plötzlich waren sie über dem Wasserfall.

»Wir ...«

Sie starrten über die Reling. Starrten den Wasserfall hinunter. Bis auf den Meeresgrund.

»Das ist unglaublich.«

»Das glaubt uns niemand.«

Sem runzelte die Stirn. »Seht mal, der Schaum.« Dort, wo sich das Wasser brach, schäumte es, und aus dem Schaum formten sich Hände, ein Körper, ein Kopf ...

Das war mehr als ein Naturphänomen! Sem neigte sich weiter vor, um besser sehen zu können. Was immer da dem Meer entstieg, hoffentlich war es ihnen wohlgesinnt.

Der Gesang folgte unmittelbar. Ein Lied, das Sem schon irgendwo gehört hatte. Er konnte es keiner Musikrichtung zuordnen.

Es klang wunderschön.

»Hört ihr das?«, fragte er.

Niemand antwortete. Japhet, Helga und Jan standen nur da und wiegten sich vor und zurück.

»Was ist mit euch?« Sem stellte sich vor Japhet, dann vor Helga und schließlich vor Jan. Seine Hand machte Scheibenwischerbewegungen vor ihren Augen.

»Hallo, hört ihr mich?«

Der Gesang wurde lauter und lauter und ...

Da klaffte das Wasser unter ihm auseinander und das Schiff stürzte in die Tiefe.

Einen Moment lang konnte er nichts sehen. Nur Wasser und Schaum.

Hatte das Meer sie verschluckt? Warum wurde niemand nass, und warum war alles um ihn herum weiß? Das Schiff, seine Freunde, die Gestalt, die sich aufbäumte und dann über ihn beugte.

»Wer bist du?«, fragte das Wesen. Es sah aus wie eine Mensch gewordene Schönwetterwolke. Sie blendete ihn. Er konnte die Augen kaum offen halten.

Sem brachte keinen Ton heraus.

Die Gestalt veränderte ihre Größe, wurde menschlich.

Es war eine Frau.

Und sie war nackt.

Sem senkte den Kopf.

»Warum bist du nicht eingeschlafen wie die anderen?«, fragte die Nackte.

Sem starrte zu seinen Freunden, die am Boden lagen und sich nicht rührten. Atmeten sie noch?

»Hat es dir die Sprache verschlagen?«

Sem sah hoch, kam aber nicht umhin, auf die Brüste der Frau zu glotzen.

»Also?«

»Ich heiße Sem«, hauchte er.

»Nett«, antwortet die Frau. »Aber das war nicht meine Frage. Mich interessiert, was du bist? Und wie du dich meinem Gesang entziehen kannst?«

»Ich bin ein Geist«, stammelte Sem. Er versuchte, der Frau in die Augen zu sehen. Nicht auf die Nippel ...

Die Frau atmete auf. »Natürlich«, sagte sie, als wäre das nichts Besonderes. »Ein Geist.« Sie trat einen Schritt näher.

Sem glaubte, rot zu werden, auch wenn er nicht wusste, ob ein Geist rot werden konnte.

Die Frau kicherte. »Und jetzt die Wahrheit«, sagte sie.

Die Wahrheit? Glaubte sie ihm nicht?

»Soweit ich weiß, gibt es nur eine Handvoll Menschen auf diesem Planeten, die Geister sehen können, und ich gehöre zufällig nicht dazu.«

»Aber es ist wahr«, verteidigte sich Sem. »Es ist das Halsband. Es macht mich sichtbar.«

Die Frau runzelte die Stirn. Langsam streckte sie die Hand nach Sem aus und fuhr ihm über die Wange. Durch die Wange. »Unglaublich.« Sie musterte das Halsband. »Ein Einzelstück?«

Sem zuckte die Schultern.

»Imposant. Damit kann ich dich nicht mehr töten.« Sie seufzte. »Was mache ich bloß?«

Sem zeigte auf seine Freunde. »Lasst uns gehen.«

Die Frau lächelte. »Das könnte ich.«

»Dann ...«

»Still jetzt«, zischte die Frau. »Ich entscheide, wie es weitergeht.« Sie ging zu Jan und schüttelte bedauernd den Kopf. »Zu alt.« Dann ging sie zu Japhet, vor dem sie ebenfalls den Kopf schüttelte. Schließlich wandte sie sich Helga zu. Sie roch an ihrem Haar. »Zu schade«, sagte sie.

Sem erinnerte sich an die Worte in Aragins Brief. »Ihr seid eine Sirene.«

Die Frau starrte Sem wie vom Donner gerührt an. »Woher weißt du das?«

»Wir sind zu alt für Sie«, fuhr Sem fort.

»Du wärst bestimmt nicht zu alt gewesen.«

»Ich sehe jünger aus, als ich bin. Ich bin schon fünfzehn.« Die Sirene kicherte.

Na toll. Sein jugendliches Aussehen würde ihm ewig nachhängen. Es würde sich niemals ändern. Sem biss die Zähne zusammen. Nicht der richtige Zeitpunkt, sich darüber aufzuregen.

»Lassen Sie uns weiterreisen. Bitte!«

»Was hätte ich davon?«

»Unseren Dank.«

Die Frau lachte herzhaft. »Dein Humor gefällt mir. Ich glaube, ich behalte dich. Für meine Schwestern. Ihnen ist oft schrecklich langweilig. Wir bekommen nicht oft Besuch, und wenn, dann schlafen sie ein wie deine Freunde.« Die Frau hielt sich die Hand vor den Mund. »Laaaaangweilig.«

»Eher würde ich sterben.«

»Du bist doch schon tot.«

»Eben. Ihr könnt mich nicht festhalten.«

»Du hast deine Freunde vergessen. Die kann ich sehr wohl festhalten«, erwiderte die Frau.

Sem dachte nach. Aragin hatte die Sirenen als gefährlich beschrieben, zumindest für unter Fünfzehnjährige. Mehr Zeilen hatte er den Wesen in seinem Brief aber nicht gewidmet. Warum?

»Was macht ihr normalerweise mit den Seefahrern?«, fragte er.

»Nichts«, antwortete die Frau gleichgültig. »Sie bekommen gar nicht mit, dass wir ihre Schiffe auf Kinder untersuchen, und so schicken wir sie zurück, sobald wir haben, was wir wollen.«

Sem ordnete seine Gedanken. Hätten die Sirenen seine Freunde und ihn wirklich einfach so zurückgeschickt, nachdem sie ihr Alter geprüft hatten? Warum hatte er sich nicht einfach schlafend gestellt?

»Wenn ich Ihnen verspreche, wiederzukommen ...«

»Natürlich. Für wie dumm, hältst du mich?«

»Bitte«, bettelte Sem.

»Nein«, sagte die Frau. »Damit erreichst du bei mir nichts. Hast du das noch nicht begriffen?« Sie fuhr sich durch ihre weißen Locken. »Aber ich werde jemand anders über dein Schicksal entscheiden lassen.«

Sem schluckte. »Wer?«

Die Frau klatschte in die Hände und ein Schatten tauchte hinter ihr auf, als wäre dieser schon immer hier gewesen.

»Du hast mich gerufen?«, fragte der Schatten.

Sem fiel die Kinnlade herunter. Die Stimme des Schattens klang wie die von Volker.

»Sem?«

Es *war* Volker!

»Oh, ihr kennt euch?« Die Sirene blickte zwischen Sem und Volker hin und her.

»Es ist lange her«, sagte Volker.

So lange nun auch wieder nicht. Aber wie kam er hierher?

»Du bist noch am Leben.« Volker kam näher.

»Er ist ein Geist«, sagte die Sirene.

Volker trat vor Sem. Er sah älter aus.

Sem begriff überhaupt nichts mehr.

»Die Zeit hier unten vergeht viel schneller, als die Zeit oben«, erklärte die Frau. »Volker ist seit acht Jahren hier, das entspricht etwa einem Tag bei euch.«

»Was?« Wenn das stimmte, durfte er keine Zeit mehr verlieren. Wer weiß, wie viele Tage er schon verplempert hatte? Trotzdem war er neugierig. »Wie bist du hier hergekommen?«

Volker zeigte auf Sems schlafende Freude. »Die haben mich doch verschleppt und dann am Hafen zurückgelassen. In einem Pub hab ich gewartet, dass man mich abholt. Doch statt Pius ist dieser Mann aufgetaucht.«

»Welcher Mann?«

»Der Mann, der dich getötet hat«, sagte Volker.

Sem erstarrte. Sein Mörder war ihnen immer noch auf den Fersen? Jans Wunsch hatte ihn nicht ausgelöscht! Er glaubte den Boden unter seinen Füßen zu verlieren, und tatsächlich versanken seine Beine bis zu den Knien im Holz.

Volker starrte ihn an. »Wie kann jemand, der aus keiner festen Materie besteht, ein Haus oder ein Schiff betreten, sich irgendwo hinsetzen, oder ...«

Sem zuckte die Schultern. »Was weiß ich.« Er hatte keinen Bock auf derlei Fragen. »Woher weißt du, dass es derselbe Mann war, der mich getötet hat?«

»Ich war es, der ihn ins Kloster gelassen hatte«, erklärte Volker. »Er hatte sich doch als dein Vater ausgegeben, damals. Das ist alles schon so lange her. Jedenfalls scheint er noch nicht mit euch fertig zu sein. Er hat mich gezwungen, ein Schiff zu kapern und den dreien hier zu folgen.«

Sem schluckte. Er kannte ihr Ziel? Würde er es vor ihnen erreichen? »Hat er erwähnt, warum er mich getötet hat?«, fragte Sem. »Warum er Helga töten wollte? Was er gegen Jan hat?«

»Kein Wort. Aber euch zu schnappen, ist ihm sehr wichtig. Ich meine, wer folgt einem schon freiwillig über das Meer?«

Die Sirene drängte sich zwischen Sem und Volker. »Ich unterbreche euch nur ungern, aber ...«

»Verzeih.« Volker küsste sie auf den Mund, seine Hände wanderten um ihre Taille. »Ich habe mich entschieden.« Er drückte sie sanft von sich.

»Ich war stocksauer, für das, was deine Freunde mir angetan haben. Aber ohne diese ganze Geschichte hätte mich
dieser Verrückte nie auf ein Schiff gezerrt, und ich wäre niemals hier gelandet. Obwohl ich doch hier hergehöre. Ich
hätte nie erfahren, dass ich halb Mensch halb Sirene bin.«

Sem hörte ihm mit offenem Mund zu.

»Meine Mutter war eine Sirene, die sich in einen Sterbli-
chen verliebt hat und so ...«

»Vo-olker«, unterbrach ihn die Frau an seiner Seite.

»Schon verstanden.« Volker zeigte auf Sem und seine
schlafenden Freunde. »Ich erlaube ihnen, zu gehen.«

»Ist das dein Ernst? Niemand darf ...«

»Und damit unser Geheimnis bewahrt bleibt, entferne
ich einfach sein Band.«

Sem hatte keine Gelegenheit auszuweichen. Volker riss
ihm das Halsband vom Kopf.

Die Sirene schlug sich die Hand vor den Mund. »Er ist
weg.«

Sem starrte auf seine Beine. Nein, er war noch da.

In Volkers Hand baumelte das Halsband.

Aber unsichtbar.

»Ihr seid so schlau«, sagte die Frau. Sie schlang die Arme
um Volker.

»Gib mir das Halsband zurück«, sagte Sem. Doch Volker
konnte ihn nicht mehr hören, nicht mehr sehen. Er sank mit
der Frau zu Boden. Sie riss ihm die Kleider vom Leib und
stöhnte.

Sem drehte sich weg.

Dann spuckte das Meer sie wieder aus.

Japhet

Japhet öffnete die Augen. Sems Gesicht klebte vor seinem Gesicht.

»Endlich«, sagte Sem. Er kniete neben ihm und wich ein Stück zurück.

Japhet setzte sich auf und sah sich verwirrt um. Das Deck war klatschnass. Seine Kleider auch. Hatte es geregnet?

»Was ist passiert?« Neben ihm lagen Helga und Jan. »Was ist mit ihnen?«

»Woran erinnerst du dich?«, fragte Sem.

Japhet überlegte. »Wir wurden immer schneller, dann ... keine Ahnung.«

»Wir waren bei den Sirenen«, sagte Sem.

»Wo?«, fragte Japhet.

Sem erzählte ihm die ganze Geschichte. Am Ende schwirrte Japhet der Kopf.

»Dein Mörder ist also immer noch hinter uns her?« Das waren ja tolle Neuigkeiten.

Jan rührte sich. Japhet verpasste ihm einen leichten Tritt. »Aufwachen!«

»Au.« Auch Helga kam zu sich. Sie richteten sich gleichzeitig auf, sahen sich am Deck um, und ...

»Wo ist Sem?«, fragte Helga.

»Sein Halsband«, sagte Japhet. »Es ist weg.«

Zwei Tage später hockte Japhet an Deck, die Angel ausgeworfen, und kratze sich seine schuppige Haut. Sie war von der Sonne ausgetrocknet und rissig, alles schmerzte und er verlor langsam die Hoffnung, jemals wieder Land zu sehen.

»Beißen sie heute nicht?«, fragte Sem plötzlich.

»Ist mir egal«, fauchte Japhet. »Ich kann keinen Fisch mehr riechen.«

»Du hast heute eine Laune.«

»Es ist nur ...«, begann Japhet. Die Kajütentüre öffnete sich. Helga und Jan kamen aufs Deck.

»Land in Sicht«, rief Helga.

Japhets Stimmung besserte sich schlagartig. »Ist das wahr?«

Helga drückte ihm ein Fernglas in die Hand.

Japhet starrte sie ungläubig an.

»Nur zu!«, sagte sie.

Tatsächlich! Ein hellgrauer Streifen am Horizont. Die Küste! Als Nächstes sah er Möwen über dem Wasser und dann hörte er auch schon ihr entferntes Kreischen. Die ersten Vögel seit ...

Wie lange waren sie auf See gewesen?

Vor ihnen schälten sich zwei Inseln aus dem Meer, die rasch größer wurden.

Japhet nahm das Fernglas und peilte hindurch. Insel Nummer eins wirkte plötzlich so nah, dass sie durch das geringste Ruckeln aus seinem Blickfeld verschwand. Er hielt es fester und betrachtete konzentriert die Insel, zoomte zum höchsten Punkt, der Spitze eines Felsens.

»Welche der beiden Inseln ist es?«

»Keine. Unser Ziel liegt noch zwei Tage von hier entfernt«, sagte Jan. »Wollen wir trotzdem rüberrudern und uns die Beine vertreten?«

»Dieser Verrückte ist uns auf den Fersen, wir sollten keine Zeit verlieren«, sagte Sem.

Japhet wiederholte Sems Worte für die anderen.

»Okay«, sagte Jan. »Dann weiter!«

Sie umschifften die Inseln und segelten den ganzen Tag weiter. Als es dunkel wurde, setzte Regen ein, der schnell stärker wurde.

Jan kam mit einer Schwimmweste zu ihnen in die Kajüte. »Verstaut alles, was nicht niet- und nagelfest ist. Gleich könnte es turbulent werden.« Schon war er wieder draußen. Helga lief ihm hinterher, doch als sie die Tür aufschob, wurde sie vom Wind zurückgedrückt. »Drinnen bleiben«, schrie Jan. Helga schloss widerwillig die Tür.

Eine Welle klatschte gegen die Scheibe. Japhet lief zur Spüle und räumte alles Geschirr in die Kästen. Kontrollierte die Sicherheitsklappen. Alles verschlossen. Das Schiff schaukelte.

Wo kam das Unwetter auf einmal her? Bisher waren sie von Stürmen verschont geblieben, abgesehen von dem ganz am Anfang ihrer Reise. Doch das schien ewig lange her zu sein. Und der war nicht so plötzlich gekommen.

»Wo bleit Jan so lange?«, murmelte Helga.

»Ich sehe nach«, sagte Sem und lief durch die verschlossene Tür. Eine weitere Welle rollte auf das Schiff zu. Sie klatschte gegen das Holz, das Glas. Rauschen.

Im nächsten Moment krachte es und das ganze Schiff drehte sich. Helga rutschte über den Boden, knallte aufs Bullauge und hinterließ dort einen blutigen Handabdruck. »Scheiße«, fluchte sie. Irgendetwas traf Japhet am Kopf, dann standen sie wieder gerade.

»Keine Panik«, brüllte Japhet. »Das Schiff kann nicht kippen, es richtet sich immer wieder auf.« Das hatte Jan zumindest behauptet.

Eine neue Welle krachte über sie herein. Verschluckte die Worte, das Licht. Ein Surren im Kopf. Es wurde lauter. Japhet konnte es nicht fassen. Würden sie jetzt doch untergehen? So nah am Ziel? Er ballte die Fäuste. Spürte die Magie. Vielleicht konnte er den Sturm irgendwie ...

Sem sprang durch das Fenster. Wo war er so lange gewesen?

»Jan«, keuchte er. »Er wurde, er ist ...«

Ein Felsen flog ihnen entgegen. Glas splitterte. Wasser schwappte über sie. Über die Möbel. Über Helga. Über Sem. Und über Japhet selbst.

Helga

Helga konnte nichts sehen.

Nur weiße Pünktchen.

Wo war sie?

Sie streckte ihre Finger, krümmte sie, streckte sie wieder.

Heißer Sand unter ihren Händen.

Sie drehte den Kopf zur Seite und versuchte, etwas zu erkennen. Langsam tauchte ein Bild auf. Ein Strand. Der Horizont.

Luft.

Sie wollte durch den Mund atmen, doch ihre Lippen lösten sich nicht voneinander. Waren sie zusammengeklebt?

Sie atmete durch die Nase. Einmal, zweimal. Als würde sie lauter kleine Nadeln schlucken.

Sie musste aus der Sonne. So schnell wie möglich.

Langsam setzte sie sich auf.

Ihr wurde schwindelig. Doch sie musste in den Schatten.

Wenn es einen gab.

Vor ihr war nur das Meer. Die Erinnerung an das Unwetter tauchte wieder auf. Die Gesichter ihrer Freunde. Waren sie ebenfalls angespült worden?

Der Versuch, ihre Namen zu rufen, scheiterte. Sie robbte zum Meer. Atmete auf, als das Wasser ihre Haut kühlte.

Nur einen Schluck.

Sie wollte nur einen Schluck trinken. Doch als sie das salzige Wasser schmeckte, musste sie husten.

Sie hustete und spuckte, hustete und spuckte. Als ...

Da!

Sie starrte aufs Meer. Da trieb jemand. Sie blinzelte, bis ihr die Tränen in die Augen schossen.

Jan?

Oh Gott, er war es!

Sie kämpfte sich durch das Wasser. Schwamm zu ihm.

»Jan.« Ihre Stimme war zurück. Doch sie hörte sich falsch an. Nicht wie ihre.

»Jan.« Sie griff ins Wasser. Fühlte den Stoff unter ihren Fingern. Mehr nicht. Es war nur Jans Hoodie. Sie zog ihn aus dem Wasser. Betrachtete das Kleidungsstück.

»Jan!«, schrie sie. Wo war seine Schwimmweste? Die konnte es ihm doch nicht vom Körper gerissen haben. »Jan.«

Ein Klopfen hinter ihr.

Sie wirbelte herum. Kniff die Augen zusammen. War da jemand? Am Strand? Im Dschungel dahinter? Sie schleppte sich aus dem Wasser, zu den Bäumen. Schaffte es in den Schatten. Lauschte. Das Klopfen war verschwunden. Sie öffnete den Mund, hauchte Jans Namen, dann Japhets und schließlich ...

Ihr wurde schwarz vor Augen und sie verlor erneut das Bewusstsein.

Sie kam wieder zu sich. Fühlte sich besser. Ihre Haut war abgekühlt und sanfter Wind kitzelte sie im Nacken. Sie richtete sich auf.

Wie lange hatte sie hier gelegen? Im Schatten riesiger Bäume. Ihr schoss die Dreierregel in den Kopf. Ein Mensch konnte drei Minuten ohne Sauerstoff überleben. Drei Stunden ohne Unterschlupf bei extremen Bedingungen. Wie

Hitze oder Kälte. Beides kein Problem. Sie hatte es aus dem Meer und in den Schatten geschafft. Wie ging es weiter? Drei Tage ohne Wasser. Drei Wochen ohne Essen. Das Wichtigste war also Wasser zu finden. Eine Quelle. Einen Bach. Regenwasser auf Blätter. War es klug in den Dschungel zu laufen? Sollte sie in Strandnähe bleiben?

Was würde Japhet tun? Was Jan? Waren sie noch am Leben? Zumindest um Sem brauchte sie sich keine Sorgen machen. Ob die anderen auch als Geister zurückkehren würden? Sie würde es nie erfahren. Nicht ohne Japhet. Hockte vielleicht Sem neben ihr und sie wusste es nicht?

Sie ging zum Dschungel, blieb am Rand stehen und merkte sich, wo der Strand und das Meer lagen. Sie rief nach ihren Freunden. Sie hatten die Insel auf der Karte fast erreicht und dann so etwas.

Wo war sie? War das schon die Insel, das Ziel?

Nein! Dafür waren sie noch zu weit weg gewesen. Welche Insel war es dann? Gab es hier Menschen?

Sie musste sich einen Überblick verschaffen. Auf einen Baum klettern.

Gute Idee. Und es war leichter, als sie gedacht hatte. Die Äste waren angeordnet wie Sprossen. Sie kletterte bis ganz nach oben.

Die Aussicht war überwältigend. Sie konnte fast die ganze Insel sehen bis zum hinteren Ende. Es war möglich, sie zu umrunden. Eine weitere Insel dahinter, deren Größe aber nicht auszumachen war.

Egal, sie konnte sowieso nicht dorthin gelangen. Nicht ohne ein Boot oder ein Floß. Doch wozu? Die Insel dort hatte bestimmt nicht mehr zu bieten, als die Insel hier. Sie kletterte vom Baum. Weder einen Bach noch einen Fluss hatte sie gesehen. Auch keinen See. Regenwasser war das Einzige, worauf sie hoffen konnte.

Sie bückte sich, um einen Stock aufzuheben, mit dem sie sich weiter durch den Dschungel kämpfte. Verlaufen konnte sie sich nicht, dafür war die Insel zu klein. Doch sie hatte auch kein wirkliches Ziel vor Augen. Sie hackte auf ein paar Schlingpflanzen ein, weniger, weil sie ihr im Weg waren, mehr aus Wut.

Plötzlich hörte sie wieder dieses Klopfen. Das Klopfen, das sie schon gehört hatte, als sie noch im Meer schwamm.

»Ist hier jemand?«, schrie sie.

Das Klopfen veränderte sich nicht. Gleichmäßig tönte es weiter. Immer weiter. Stammte es von einem Tier? Gab es hier überhaupt Tiere? Was wenn ihr plötzlich ein Mandrill auflauerte? Oder ein Löwe? Sie schüttelte den Kopf. Hier gab es weder Affen noch Raubkatzen. Nur Insekten. Erst jetzt bemerkte sie, wie zerstochen ihr Körper war. Panisch tastete sie in ab. Ihr fiel dieser Film ein. Den sie vor ein paar Jahren im Unterricht gesehen hatte. *Ein Mädchen kämpft sich durch die grüne Hölle.* Der Film beruhte auf einer wahren Begebenheit. Ein Mädchen, das sich nach einem Flugzeugabsturz als einzige Überlebende durch den Dschungel kämpfte. Mücken hatten dort in ihre Haut Eier gelegt. Die waren dann geschlüpft. Ob ihr das auch drohte?

Sie beschleunigte ihre Schritte. Folgte dem Klopfen. Doch es schien immer gleich weit entfernt zu sein.

Dann, endlich, es mussten Stunden vergangen sein, lichtete sich der Wald. Vor ihr lag ein Feld, auf dem nur einzelne verdorrte Bäume standen. In der Mitte ein Felsen, aus dem Wasser sprudelte. Darunter lag ein ...

Was war das?

Sem

Warum war er ihnen hinterhergesprungen? Helga und Jan waren in unterschiedliche Richtungen gespült worden, genauso wie das Schiff. Erst wurde es immer kleiner dann war es weg. Womöglich mit Japhet an Bord, denn den hatte Sem nicht ins Wasser fallen sehen. Die Wellen katschten über ihm zusammen und raubten ihm die Sicht, obwohl er ein Geist war. Und er konnte nichts tun, Geister können Menschen nicht retten. Er war völlig orientierungslos. Eine Stunde lang. Zwei Stunden?

Irgendwann beruhigte sich das Wasser, der Sturm war vorüber. Die Sonne ging auf, da sah er ihn: Jan.

Er trieb auf einem Brett, bewusstlos und nackt. Hatte er sich die Kleider vom Leib gerissen, um besser schwimmen zu können? Sem hatte keine Ahnung. Aber wenn er es geschafft hatte, dann vielleicht die anderen auch. Vielleicht hatten sie es sogar auf die Insel geschafft. An der sie vorbeigefahren waren. Sie waren nicht weit davon entfernt. Mit dem richtigen Wellengang ...

Zunächst musste er bei Jan bleiben. Musste wissen, ob er zu sich kam. Wohin er schwimmen würde.

»Wach auf!«, brüllte Sem.

Doch Jan konnte ihn nicht hören. Er reagierte nicht. Eine klaffende Wunde zog sich über seinen linken Unterschenkel. Blut quoll daraus und färbte das Wasser dunkelrot. Wenn Sem die Blutung nicht stoppte, dann ...

Aber was konnte er schon tun?

Jans Brustkorb hob und senkte sich. Noch war er am Leben.

Plötzlich tauchte ein schwarzes Dreieck vor ihnen auf. Sem riss die Augen auf. War das ...

Er tauchte unter. Er hatte sich nicht getäuscht.

Ein Hai!

Aber was für einer? Sein Körper war dunkel, etwa fünf Meter lang und der Kopf wirkte seitwärts stark verlängert, was zu einem großen Abstand zwischen Augen und Nasenlöcher führte. Das war kein weißer Hai. Welche Arten gab es noch? Bullenhai. Tigerhai. Hammerhai. Sem hatte keine Ahnung, wie sie aussahen.

Sem tauchte auf. »Du musst jetzt wirklich aufwachen«, schrie er Jan an. »JETZT!«

Wenn Jan wenigstens seinen Fuß aus dem Wasser ziehen würde. Doch Jans Blut sickere weiter ins Meer. Der Geruch musste das Vieh angelockt haben.

Die Haifischflosse peilte Jans Brett an und brachte es zum Schaukeln. Verdammt! Jan hatte doch nicht den Sturm überlebt, um jetzt von einem Hai gefressen zu werden. Erneut rammte die Flosse das Brett. Es schaukelte und Jan kippte ins Wasser. Sem konnte nur zusehen, wie er langsam nach unten sank.

»Nein!«, schrie er.

Da schoss Jan aus dem Wasser, riss den Mund auf und schnappte nach Luft. Hustete und spukte.

»Ja, lass es raus!«

Jan blickte verloren um sich.

»Hai auf drei Uhr!«, brüllte Sem.

Jan musste ihn auch gesehen haben. Er krallte sich am Brett fest, versuchte, darauf zu klettern, doch es gelang ihm nicht. Er riss den Kopf hin und her.

»Tu irgendetwas!«

Die Rückenflosse flitzte an ihm vorbei, war mal vor, mal hinter ihm.

»Hilfe!«, schrie Jan.

Doch da war niemand. Jan war ganz allein. Dann wurde er mit einem Mal ruhig. Er ließ das Brett los, brachte seinen Körper in die Vertikale und paddelte nur mit den Füßen. Ganz langsam, fast lautlos.

»Ich bin keine typische Beute für dich«, murmelte er. »Du bist nur neugierig.«

Sem starrte ihn an. Glaubte Jan das, was er da vor sich hinbrabbelte?

Der Hai umkreise ihn und Jan drehte sich mit. Verfolgte aufmerksam jede seiner Bewegungen. Der Hai kam näher. Diesmal langsamer. Jan streckte die Hände aus, jedoch ohne den Oberkörper vornüberzubeugen. Versuchte er tatsächlich die Schnauze von dem Hai zu berühren? Wollte er ihn streicheln? Der Hai wich irritiert aus, schwamm einen Bogen. Nahm aber nicht Reißaus.

»Hoffentlich weißt du, was du da tust«, dachte Sem. Der Hai kam zurück.

Jan biss die Zähne zusammen. »Okay, wie du willst.« Er verpasste dem Tier einen festen Schlag vor die Schnauze. Wasser spritzte. Der Hai legte eine perfekte Acht hin. Trotzdem kehrte er erneut zurück. Diesmal deutlich schneller. Sem tauchte unter, um zu sehen, was der Hai als Nächstes vorhatte.

Das Vieh raste auf Jan zu und riss das Maul auf. Wie im Film: *Der weiße Hai*.

Gleich war es um Jan geschehen. Doch der rührte sich nicht vom Fleck. Wie konnte er so ruhig bleiben?

Mit einem Mal tauchte er unter und schwamm auf den Hai zu. Sem sah den Hai schon zuschnappen, da verpasste Jan ihm einen Schlag auf die Kiemen.

Der Hai schoss davon und verschwand so schnell, wie er aufgetaucht war.

»Ja hau bloß ab!«, brüllte Jan.

Sem war beeindruckt.

Jetzt erst betrachtet Jan seine Verletzung am Fuß. Seine Hand fuhr über die Wunde und er biss schmerzhaft die Zähne zusammen. Er starre zu der Insel, die schrecklich weit entfernt schien.

»Du schaffst das!«, sagte Sem. Und Jan schwamm los.

Er erreichte die Insel nach einer Ewigkeit. Fix und fertig landete er im Sand. »Nicht liegen bleiben«, sagte Sem. Doch Jan war mit den Kräften am Ende. Er atmete laut und stoß-weise. Hoffentlich würde er nicht wieder ohnmächtig werden.

»Bin gleich zurück.« Sem rannte ein Stück den Strand entlang. Versuchte sich einen Überblick zu verschaffen. Vielleicht war Helga hier auch irgendwo?

Er rannte, bis er Jan nicht mehr sehen konnte, doch von Helga keine Spur. Also rannte er zurück. Jan hatte sich in-zwischen unter einen Baum geschleppt. Keine Palme. Auf der Insel gab es tausend Arten von Bäumen. Er hatte einen braunen Stamm, dicke Äste und keine Wedel, sondern ganz normale Blätter. Auf einigen glitzerte Wasser vom Regen der vergangenen Nacht.

»Du musst trinken«, sagte Sem und zeigte darauf. Es raschelte und aus dem Wald sprang ein Tier, das Sem unter allen Tieren hier am wenigsten erwartet hätte.

Ein Hund!

Ein alter Jack Russel Terrier mit einem braunen Fleck über jedem Auge und Ohr und einem Fleck, nicht größer als ein Penny, auf der Schwanzwurzel. Mit seiner pelzigen Zunge leckte er Jan über das Gesicht. Ein dunkelhäutiger Mann tauchte aus dem Wald auf. Er hatte verfilzte Haare und einen verfilzten Bart, aber einen kräftigen Körper. Irgendwie kam Sem der Mann bekannt vor, aber das war unmöglich.

»Aus, Bold«, sagte er. Der Hund gehorchte sofort und blieb artig neben Jan sitzen. Der Mann kam näher und zwickte Jan in die Schulter. Jan reagierte nicht.

»Hmm«, grummelte der Mann. Er blickte aufs offene Meer. »Woher kommst du?« Dann packte er Jan, hob ihn hoch und trug ihn in die Richtung, aus der er gekommen war.

Sem folgte ihnen. Es war eine kurze Wanderung, aber der Mann musste immer wieder stehen bleiben, um zu verschnaufen.

Plötzlich waren sie auf der anderen Seite des Strandes. Sem riss die Augen auf. Dort lag ein Schiff. Nicht ihr Schiff, sondern ein anderes. Eine riesige Yacht, die im Sand steckte. *MS Odiah* stand in großen Buchstaben auf dem Heck.

Der Mann ließ Jan auf dem Strand liegen, ging zu zu dem Schiff, kletterte über eine Leiter an Bord und verschwand im Inneren der Yacht.

Sem blieb bei Jan. »Alles wird gut«, sagte er.

Da kehrte der Mann mit einem Rucksack und zwei Decken zurück. Eine Decke schob er Jan zusammengerollt unter den Kopf, die zweite legte er ihm über den Körper. Jan war immer noch bis auf die Unterhose nackt.

»Dann wollen wir mal«, murmelte der Mann und öffnete den Rucksack. Er zog eine Schnapsflasche heraus und schüttete die Flüssigkeit über Jans Unterschenkel. Dann kramte er Nadel und Zwirn aus dem Rucksack.

Wollte er ...

Der Mann schob die Haut zusammen und begann zu nähen. Jan zuckte kurz, erwachte aber nicht. Zehn Stiche später war er fertig. Wäre Sem kein Geist gewesen, hätte er sich bestimmt übergeben. Dabei hatte der Mann super Arbeit geleistet. Jans Fuß war gerettet. Jetzt musste er nur wieder zu sich kommen. Doch bis es so weit war, konnte Sem nichts tun. Außer ...

Vielleicht waren Helga und Japhet hier auch irgendwo?

Japhet

Japhet erwachte. Sein Schädel fühlte sich an, als wäre er durch den Reißwolf gejagt worden. Er würgte. Übergab sich. Würgte nochmal. Bis nichts mehr kam. Danach fühlte er sich besser. Er schielte zum Heck, zum Bug. Mast und Schott waren gebrochen. Die halbe Kajüte fehlte. Aber das Schiff hielt sich immer noch über Wasser.

»Sem!«, brüllte er. »Helga!« Niemand antwortete. »Jan!« Sie waren alle fort. Was sollte er tun?

Die Insel konnte nicht mehr weit entfernt sein. Einen Tag, hatte Jan gesagt. Dann war der Sturm gekommen. Ob seine Freunde es auf eine der anderen Inseln geschafft hatten?

Er befreite sich aus dem Netz, das ihn eingewickelt hatte, und würde sie suchen.

Er mobilisierte seine Kräfte, erzeugte Wellen und …

Das Schiff setzte sich in Bewegung.

Sem

War es Vormittag? Nachmittag? Wie lange war er schon unterwegs? Er hatte das Gefühl für die Zeit verloren. Sollte er weiter den Strand entlanglaufen und Helga suchen? Er starrte in den wolkenlosen Himmel. Dann auf das Meer. Japhet und das Schiff waren nirgends zu sehen. Er stampfte mit dem Fuß auf. Alles Zeitverschwendung! Er sollte zurück zu Jan gehen. Vielleicht hatte der eine Idee, war aufgewacht.

Sem lief weiter und ...

Die riesige Yacht tauchte wieder auf. Dabei war er immer geradeaus gegangen. Er musste einmal um die ganze Insel gelaufen sein. Sem ging zu dem Schiff, doch von Jan oder dem Fremden war nichts zu sehen. Hatte der Mann Jan an Bord getragen? Sem betrat das Schiff, ging einfach hindurch und fand sich in der Kajüte wieder.

Jan lag im Bett und schlief. Der Fremde saß neben ihm und fühlte seine Stirn. Jans Lider flackerten. Doch es dauerte noch eine Stunde, bis er endlich zu sich kam.

»Wo bin ich?«, fragte er, sah sich benommen um und setzte sich auf.

Der Mann drückte ihn sanft zurück aufs Bett. »Nicht, sonst kippst du gleich wieder um.«

»Aber ...«, stammelte Jan.

»Ich bin Ramish Odiah. Ich habe dich gefunden. Vorhin am Strand. Mein Hund hat dich aufgespürt. Erinnerst du dich?«

Jan schüttelte den Kopf.

»Woher kommst du? Bist du mit einem Schiff hier?«, fragt Ramish weiter.

Jan schluckte. »Meine Freunde! Wo sind meine Freunde?«

»Ich habe niemanden gesehen.«

»Dann muss ich ...«, sagte Jan und wollte sich erneut aufsetzen.

»Du würdest nicht weit kommen«, unterbrach Ramish ihn. Er schlug die Decke zurück und ließ Jan einen Blick auf sein Bein werfen. »Du hattest Glück, ich konnte die Wunde sauber zusammennähen, aber wenn sie wieder aufplatzt und sich infiziert ..., ich habe weder Antibiotika noch sonst irgendetwas. Eine Infektion käme hier einem Todesurteil gleich. Ich habe das schon viermal erlebt. Ich bin der Letzte von meiner Crew.«

»Crew?«

»Vor vier Jahren sind wir hier gestrandet. Es gab ein Seebeben und einen Tsunami. Die riesige Welle hat uns auf die Insel gespült. Seitdem sitze ich hier fest. Und du? Wo ist dein Schiff?«

»Wir wurden von Bord gespült. Meine Freude und ich. Wir waren zu viert ..., nein zu dritt.«

»Was jetzt?«

»Zu dritt«, sagte Jan.

»Weil einer von ihnen ein Geist ist«, sagte Sem. Doch niemand hörte ihn.

»Ich muss sie suchen«, beharrte Jan.

»Bold, mein Hund macht das. Wenn sie auf der Insel sind, findet er sie.«

»Aber ...«

»Und wenn du versprichst im Bett zu bleiben, werde *ich* auf den anderen Inseln nach ihnen suchen«, sagte Ramish.

»Inseln?«, fragte Jan.

»Hier gibt es noch vier weitere Inseln. Das hier ist die kleinste. Ich habe dir Suppe und Tee gekocht. Wenn ich wieder hier bin, reden wir weiter.«

Jan nickte nur.

Ramish lächelte, dann verließ er das Schiff. Sem folgte ihm.

Das Floß lehnte an zwei Palmen, nahe am Wasser. Es war selbstgebastelt, sah aber kräftig aus. Sem hatte es bei seinem Rundgang übersehen. Was hatte er noch alles übersehen? Ramish zog es ins Meer und setzte sich drauf. Das Paddel musste aus der Yacht stammen, es war aus Plastik.

»Es gibt hier Haie«, sagte Sem und folgte ihm aufs Floß. »Aber das weißt du wahrscheinlich.«

Das Floß wackelte gefährlich auf den Wellen. Die Insel, die Ramish ansteuerte, war nicht weit entfernt und rückte rasch näher. Wurde größer und größer.

Auch die Insel hatte Sem bei seinem Rundgang übersehen. Er war ein schlechter Beobachter. Gut, dass es Ramish gab. Der Mann würde Helga schneller finden als er. Sie erreichten den Strand und Ramish zog das Floß zu einem entwurzelten Baum, der ins Wasser ragte. Er band es daran fest und lief los.

Der Wald hier war viel dichter, ein richtiger Dschungel. Ramish lief hinein. Behände sprang er über Schlingpflanzen und Disteln, wusste anscheinend genau, wohin er wollte. Eine Stunde später erreichten sie eine Lichtung. In der Mitte gab es einen kleinen Felsen, aus dem Wasser sprudelte. Darunter befand sich eine Art Hammer, an der eine Blechbüchse befestigt war. Ramish befreite die Büchse von Laub und Schlamm und legte eine Eisenplatte unter dem Hammer frei. Daraufhin füllte sich die Büchse mit Wasser, drückte sie nach unten und den Hammer nach oben. Schon knallte er auf das Blech und der Vorgang wiederholte sich.

Eine Maschine, die Klopfgeräusche machte.

Neben dem Apparat stand eine Kiste. Ramish öffnete sie und Sem linste neugierig hinein. Ein Notizblock und ein Bleistift befanden sich darin. Ramish kontrollierte den Block, kritzelte ein paar Zeilen dazu und legte ihn wieder zurück.

Ob Ramish die Apparate auf den Inseln regelmäßig kontrollierte?

Sie gingen zurück zum Floß. Als sie aus dem Dschungel traten, spiegelte sich die Sonne im Meer. Sem musste die Augen schließen, um nicht geblendet zu werden. Der Sand glühte. Plötzlich ...

Was war das? Sem lief nach links und starrte auf den Boden. Ein Medaillon?

»Ramish«, rief Sem. Doch der hatte sich nach rechts gewandt und reagierte nicht. Er zerrte das Floß ins Wasser.

»Dieses Medaillon gehört Helga«, rief Sem. »Sie muss hier sein!«

Ramish setzte sich aufs Floß.

»So warte doch!«

Doch er wartete nicht. Er ruderte los.

Morsus

Morsus marschierte die Küste auf und ab. Von den Kindern war nichts zu sehen. Wartete er umsonst? Waren sie unterwegs untergegangen? So eine Schiffsfahrt war schließlich mit allerlei Gefahren verbunden. Er selbst hatte währenddessen Volker verloren. Möglicherweise war er auch gesprungen. Egal. Der Junge hatte ihm alles erzählt, was er wissen wollte.

Morsus starrte auf das Meer.

Was war das?

Ein kleiner schwarzer Punkt am Horizont.

Der näher kam.

Ein Schiff?

Er schirmte die Augen vor der Sonne ab, um besser sehen zu können.

Er hatte sich nicht getäuscht. Seine Fingerspitzen brannten vor Aufregung. Schnell blies er die Flammen aus. Durfte seine Kräfte nicht sinnlos verschwenden. Es war anstrengend genug, sein Schiff unsichtbar zu halten, um nicht frühzeitig entdeckt zu werden. Hinter den Büschen ging er in Deckung. Er wollte sie allesamt gebührend empfangen.

Das Schiff ankerte und ein Schlauchboot wurde ins Wasser gelassen. Morsus kniff die Augen zusammen. Warum begab sich nur eins der Kinder auf das Boot? Wo waren die anderen?

Der Junge ruderte ans Ufer. Morsus schluckte. War das Japhet?

Kein Zweifel. Es war sein jüngeres Ich, dass aus dem Boot sprang und den Strand entlanglief.

»Sem!«, brüllte Japhet. »Helga! Jan! Seid ihr hier irgendwo?«

Morsus richtete sich mit einem Ruck auf. Sem? Der war doch tot!

»Sem!«

Hatte sein jüngeres Ich einen Sonnenstich? Glaubte, Sem sei noch am Leben? Sollte er sich zeigen und ihm sagen, dass er längst tot war?

»Hier ist niemand.« Morsus trat aus dem Schatten.

Japhet wirbelte herum. Seine Augen weiteten sich vor Schreck. »Sie sind ...«

»Keine Angst«, sagte Morsus. Er hob die Hände. »Wir müssen uns unterhalten.«

Sem

»Umkehren!«, schrie Sem. »Helga ist hier!« Er schrie sich die Seele aus dem Leib. Doch Ramish saß auf dem Floß und paddelte.

Sem hasste es einmal mehr, unsichtbar zu sein. Da stoppte das Floß und Ramish starrte genau in seine Richtung. Sem winkte mit den Armen. »Hier her!«, brüllte er.

Und Ramish paddelte tatsächlich zurück und lief auf Sem zu. Doch stoppte nicht. Sah auch nicht das Medaillon, auf das Sem zeigte. Lief einfach durch ihn hindurch in den Wald.

»Aber ...« Sem schwieg einen Moment und da hörte er es auch. Jemand rief um Hilfe. Er folgte Ramish in den Wald. Ramish rannte zu der Lichtung. Es dauerte eine Weile, bis sie da endlich ankamen.

Helga!

Sie war da!

Sem stolperte aus dem Unterholz und lief auf sie zu.

Sie lächelte. Doch das Lächeln galt nicht ihm, sondern Ramish. Sie hielt den Notizblock von der Kiste in der Hand. Dann brach sie erschöpft zusammen.

Helga

Als sie wieder zu sich kam, war es bereits dunkel. Eine Kerze flackerte vor ihrem Bett und ...

Eine Kerze? Ein Bett? Sie wollte sich aufsetzen, doch irgendetwas hielt sie zurück. Irgendjemand.

»Ich bin's.« Jans Hand auf ihrem Arm. War sie schon vorher da gewesen?

Sie drehte den Kopf zur Seite. Und da lag er. Neben ihr auf dem Bett. »Du lebst?«, hauchte sie.

Jan lächelte. »Du auch.«

Sie runzelte die Stirn. »Wo sind wir?«

Er verstärkte den Griff um Helgas Arm. »Auf einem Schiff.«

Tatsächlich? Sie spürte gar keinen Wellengang.

»Sem. Japhet. Was ist mit ihnen?«

»Ramish hat dich gefunden. Er wird auch Japhet finden. Hat gesagt, er wird die ganze Insel nach ihm absuchen.«

»Wir sind doch auf See?«

Jan schüttelte den Kopf. »Das Schiff steckt im Sand fest.«

»Wie das?«

»Ein Tsunami.«

»Und Ramish? Was weißt du von dem Kerl? Was, wenn er gefährlich ist? Wenn er ein Kannibale ist?« Helga richtete sich auf.

Jan drückte sie sanft zurück auf die Matratze. »Er hat uns gerettet.«

Helga fehlte die Kraft, um zu protestieren.

»Wir sollten uns ausruhen«, schlug Jan vor. »Und hoffen, dass Ramish mit Japhet bald zurückkommt. Vielleicht ist Sem auch bei ihm.«

Als sie aufwachte, fühlte sie sich wie neu. Die Sonne schien durch ein Bullauge auf ihr Gesicht und kitzelte sie in der Nase. Abrupt setzte sie sich auf. Sah sich um.

Da war ein Bett, Decken am Boden, eine kleine Kochnische an der Wand und ein runder Tisch neben der Tür. Die Kajüte sah genauso aus wie die von Jan. Aber es war nicht Jans Schiff. Es war Ramishs Schiff.

Helga schwang die Beine aus dem Bett und stellte sie auf den Boden. Barfuß tapste sie zur Tür. Öffnete sie und trat aufs Deck. Frische, salzige Morgenluft streifte ihre Haut, fuhr ihr durch das Haar. Sie atmete tief ein.

Und wieder aus.

Stimmen.

Helga blickte über die Reling.

Jan hockte im Sand vor einer kleinen Feuerstelle, auf der ein Kochtopf an einem Holzgestell baumelte. Neben ihm kniete ein riesiger dunkelhäutiger Mann mit langen Haaren und Bart. Ramish! Sie waren zu zweit.

Nur zu zweit!

Helga suchte nach der Leiter und wurde fündig. Sie stieg die Sprossen hinunter. Anderthalbmeter über der Erde endete sie auf Höhe eines Schriftzuges. *MS Odiah*. Sie sprang und lief zu den beiden.

»Helga«, rief Jan, als er sie sah. Er stand auf und umarmte sie fest.

Sie flüsterte: »Japhet, Sem, wo sind sie?«

Jan schüttelte den Kopf. »Ich weiß es nicht.«

»Dann müssen wie sie suchen.«

Eine riesige Hand landete auf Helgas Schulter. »Ich bin Ramish«, sagte der Mann, dem die Hand gehörte. »Noch eine, die sich nicht an die Bettruhe hält.«

»Ich brauche keine Bettruhe«, sagte Helga.

»Dein Freund schon. Er riskiert eine Infektion.«

Jan winkte ab.

Ramish reichte ihr eine Kaffeeschale. »Tee?«, fragte er.

Helga nickte. Das heiße Wasser roch nach Kokosnuss. Sie trank einen Schluck. Es schmeckte fabelhaft.

»Euer Freund ist nicht auf dieser Insel«, sagte Ramish. Seine Stimme klang sehr tief.

Helga löste sich aus Jans Umarmung. »Woher wollen Sie das wissen?«

»Ich habe gestern Abend die ganze Insel nach ihm abgesucht und heute Morgen noch einmal. Er ist nicht da.«

Wahrscheinlich hatte er einfach nicht gut genug gesucht.

»Die Insel ist nicht sehr groß«, fuhr Ramish fort. »Wenn er auf der Insel wäre, hätte Bold ihn gefunden. Aber er kann immer noch auf eine der anderen Inseln sein.«

»Wer ist Bold?«

Ein Bellen hinter ihr.

»Er ist ein ganz Lieber«, sagte Jan und zeigte auf einen Jack Russel Terrier hinter ihnen. Dann erzählte er ihr von den Inseln, und dass sie auf einer anderen gelandet war, als er. Der Hund legte sich neben Ramish.

»Ihr solltet etwas essen«, sagte dieser und beugte sich über die Feuerstelle. »Die Fische sind in ein paar Minuten fertig.«

Das klang verlockend. Fasziniert betrachtete Helga, wie Ramish die Fische aus dem Topf fischte und schließlich auf einem Brett kredenzte.

»Voilà«, sagte er. »Die Spezialität des Tages.«

Helga und Jan langten zu.

»Köstlich«, sagte Jan.

Ramish lächelte. »Wenn man vier Jahre lang nichts anderes kocht, sollte man es können.«

»Vier Jahre?«, fragte sie.

»Vier Jahre, sechs Monate, drei Wochen und zwölf Tage«, sagte Ramish. »So lange sitze ich jetzt schon auf dieser Insel fest.«

Helga hörte auf zu kauen.

»Irgendwann gewöhnt man sich an alles«, sagte Ramish. Er schien so stark zu sein. Doch dann bröckelte die Fassade und seine Augen glänzten. »Immer wieder habe ich mich gefragt, warum ich noch lebe. Warum ich nicht vom Deck gespült worden bin? Warum ich meine Frau nicht retten konnte? Anfangs waren wir noch zu viert, aber dann ...« Er holte tief Luft. »Ich will zurück zu meinem Sohn.«

»Sie haben einen Sohn?«, fragte Jan.

»Er wollte nicht mitfahren. Wollte lieber mit seinen Freunden in dieses Feriencamp. Das hat ihm das Leben gerettet.« Ramish fischte ein kleines vergilbtes Foto aus seiner Hemdtasche. »Ich frage mich jeden Tag, ob es ihm gut geht.«

Jan betrachtete das Foto und reichte es Helga. Sie stutze. Ihr fiel der Schriftzug ein, der auf dem Rumpf des Schiffes prangte. *MS Odiah.*

»Wie heißt Ihr Sohn?«, fragte sie und gab das Bild zurück.

»Rafik«, antwortete Ramish.

Helga lächelte. »Den kenne ich.«

Sem

Ramish wollte alles über seinen Sohn wissen.

Helga erzählte ihm, dass sie beinahe gleichzeitig ins Heim gekommen waren, dass sie sich im Unterricht lange Zeit einen Tisch geteilt hatten, dass sie letztes Jahr beide im Adele Baumgartner Institut aufgenommen worden waren und in den Winterferien sogar eine gemeinsame Schlittenfahrt unternommen hatten.

Diese Geschichte war sogar Sem neu, und er wünschte sich auch, einmal Schlitten zu fahren. Doch daraus würde nichts werden. Er war ein verdammter Geist, der ohne Japhet nicht einmal auf sich aufmerksam machen konnte. Während Helga immer weiter redete, starrte Sem aufs Meer. Wo steckte Japhet? Auf dem Schiff? Ging es ihm gut? Einmal mehr fragte er sich, ob es die richtige Entscheidung war, Jan und Helga hinterherzuspringen, als diese ins Meer gespült worden waren. Besser er wäre bei Japhet geblieben. Der ihn hören und sehen konnte.

Er stampfte mit dem Fuß auf und versank bis zu den Knien im Sand. Ohne, dass sich ein einziges Körnchen veränderte.

Es konnte doch nicht so schwer sein, auf sich aufmerksam zu machen. Es musste eine Möglichkeit geben, Helga und Jan mitzuteilen, dass er hier war.

Irgendeine.

Ramish strich sich über seinen langen Bart. »Ich habe darum gebetet, noch einmal etwas von meinem Jungen zu hören. Und gerade ist es so, als würde er neben mir sitzen. Und er hat es auf die Adele Baumgartner geschafft.« Er blickte zwischen Helga und Jan hin und her. »Wart ihr gute Freunde?«

Helga lächelte. »Wir *sind* gute Freunde. Denn wir werden uns wieder sehen. Sie werden Ihren Sohn auch wiedersehen.«

Ramish runzelte die Stirn. »Wie? Man wird euch genauso wenig finden wie mich.«

»Nicht nötig.« Helga atmete tief durch. »Ich habe nachgedacht.« Sie zeigte auf das Schiff. »Es funktioniert doch noch? Hat kein Leck oder so.«

Ramish nickte. »Aber wir können es nicht zurück ins Meer schieben. Ich habe alles versucht. Baumstämme, Seile, einen Graben ..., es ist zwecklos. Keine hundert Pferde schaffen das.«

»Pferde nicht«, antwortete Helga und fasste sich an den Hals.

»Das Medaillon. Natürlich«, rief Jan.

Helga hielt in der Bewegung inne. »Es ist weg! Wo ist mein Medaillon?«

Sem sprang auf. »Ich weiß, wo es liegt!« Doch Helga hörte ihn natürlich nicht.

Japhet

Sems Mörder kam mit erhobenen Händen näher. Japhet biss die Zähne zusammen. Ballte eine Faust. Der Mistkerl verdiente es, geröstet zu werden. Doch zuvor wollte er Antworten. Vielleicht wusste der sogar, wo seine Freunde steckten?

»Japhet Morsus«, sagte der Mann und betrachtete ihn eingehend. »Du siehst gut aus.«

Japhet atmete tief durch. Er lockerte die Faust, bereit jederzeit einen Feuerball auf ihn zu schleudern.

»Wir stehen auf derselben Seite.«

»Sie haben Sem umgebracht und Sie wollten Helga töten.«

»Um *dich* zu schützen.«

»Mich schützen?«

»Ich werde es dir erzählen.«

Japhet verschränkte die Arme vor der Brust.

»Norman und Shiva. Sagen dir diese Namen etwas?«, fragte der Mann.

Sie kamen ihm bekannt vor. Doch woher?

»Sie lebten vor langer Zeit, ganz in der Nähe von hier. Sie konnten sich der Elemente bedienen und sie beeinflussen.«

Japhet erinnerte sich. Die ersten Zauberer. Er hatte in Zokling davon gehört.

»Viele Generationen später loderten überall auf der Welt die Scheiterhaufen auf und Menschen mit übernatürlichen Fähigkeiten wurden verbrannt. Um zu überleben, mussten sie untertauchen und verleugnen, wer sie waren.«

»Woher wissen Sie das?«, fragte Japhet.

»Alles zu seiner Zeit«, sagte der Mann. »Trotzdem verstecken sich die meisten Zauberer immer noch. Kaum jemand weiß von ihrer Existenz. Und warum?«

»Vielleicht fürchten sie sich vor einer erneuten Hexenjagd?«

»Als ob wir heute noch genauso schwach wären wie damals.«

»Wir?«

»Du hasst doch die Gewöhnlichen genauso sehr wie ich.«

Japhet schüttelte den Kopf. Das war einmal.

»Ich finde, dass es an der Zeit ist, etwas zu ändern. Diese Welt zu verändern. Zugunsten der Zauberer. Stell dir eine Welt vor, in der sich Zauberer nicht mehr verstecken müssen. Eine Welt, in der sie geachtet und verehrt werden. Eine Welt, in der *du* das Sagen hättest.«

Japhet schluckte.

»Diese Welt existiert.« Der Mann hielt einen Moment inne. »Besser gesagt, existierte. Da niemand der Gewöhnlichen in der Lage war, die Zauberer zu stoppen, schickten sie einen Jungen in der Zeit zurück, um die Zukunft zu verändern.«

»Um die Zukunft zu verändern?« Japhet verstand nur Bahnhof.

»Ist das denn so schwer zu verstehen? Der Junge, der in der Zeit zurückgereist ist, heißt Semual Khan. Seine Aufgabe ist es, den zukünftigen Anführer zu vernichten, und zwar wenn dieser noch ein Junge ist. Dieser Junge bist du!«

Sem

Sem zeigte zu der Insel, wo Helga angespült worden war. »Dort müsst ihr hin. Dort liegt das Medaillon.« Die Stelle war leicht wiederzufinden. Sie lag ein paar Meter von dem umgestürzten Baum entfernt, an dem Ramish sein Floß angeleint hatte. Aber sie mussten sich beeilen. Bevor das Medaillon im Sand versank, oder von der Flut weggespült wurde.

Doch niemand reagierte auf ihn. Er war so wütend, dass er sich auf Helga stürzte und sie rüttelte.

Keine Reaktion.

Sem schrie. Fluchte. Nichts. Plötzlich sah Bold in seine Richtung. Legte die Ohren an und winselte. Konnte der Hund ihn sehen? Sem ging zu ihm. Bis seine Nase Bolds Schnauze berührte. Der wich einen Schritt zurück.

»Was hat der Hund auf einmal?«, fragte Jan.

Sem rannte zum Floß. Ruderte mit den Armen. »Hierher Bold!« Und tatsächlich trabte der Hund los. Sah zum Floß und bellte.

»Das ist ja merkwürdig.« Ramish stand auf und folgte ihm. Er kraulte ihn hinter den Ohren. »Willst du mir etwas sagen?«

Helga und Jan liefen ebenfalls zu ihm.

»Denkst du, was ich denke«, murmelte Helga.

Ramish setzte das Floß ins Wasser. Bold sprang darauf.

»Okay«, sagte Ramish und ruderte los.

»Dafür verdienst du dir einen riesenfetten Knochen«, sagte Sem.

Auf der Insel führte Sem den Hund zum Medaillon.

Es lag noch da und Ramish staunte, als er es erblickte. »Sehr merkwürdig«, sagte er. Er fuhr zurück und legte es Helga in die Hand. »Keine Ahnung, wie der Hund davon wissen konnte.«

»Ich schon«, sagte Helga. »Gehen wir aufs Schiff. Wir fahren ab.«

Ramish sah Helga an, als hätte sie zu lange in der Sonne gelegen.

»Kommen Sie schon!«

Ramish schüttelte den Kopf, folgte aber Helga und Jan aufs Schiff.

»Wünschen Sie sich, dass das Wasser steigt und das Schiff wieder in See sticht«, sagte Helga und drückte ihm das Medaillon in die Hand. Ramish war der Einzige, der es noch benutzen konnte.

»Das hab ich mir schon oft gewünscht«, sagte Ramish.

Helga lächelte. »Diesmal wird es klappen.«

Helga

Das Schiff stieg höher und höher, bis es völlig vom Wasser umschlossen war. Von der Insel ragten nur noch die Baumwipfel heraus.

»Habe ich zu viel versprochen?«, fragte Helga.

Ramishs Wunsch hatte augenblicklich Wirkung gezeigt. Ihm traten Tränen in die Augen, als sich das Schiff in Bewegung setze und aufs offene Meer steuerte. »Bald werde ich Rafik wiedersehen«, sagte er.

Helga und Jan hatten andere Pläne.

Sie nannten Ramish die Koordinaten der Insel, zu der sie wollten. Angeblich keine paar Seemeilen entfernt.

»Und ihr wollt wirklich nicht mitkommen?«, fragte Ramish.

Helga schüttele den Kopf. Nicht so kurz vor ihrem Ziel. Auch wenn sie es ohne Sem und Japhet erreichten.

Ramish nickte. »Verstehe.«

Schweigend fuhren sie weiter. Bis ...

Jan streckte den Finger nach vorn. »Ich werd verrückt.«

Helga sah es sofort.

»Mein Schiff«, rief Jan.

»Dann ist Japhet vielleicht hier«, antwortete Helga.

Sie fuhren näher heran, doch das Schiff war verlassen. Dann war er eben schon auf der Insel.

»Sie können uns hier absetzen«, sagte Jan.

»Wie ihr wollt«, sagte Ramish. »Aber wenn ich in einem Monat nichts von euch höre, schicke ich Hilfe.«

Helga drückte den bärtigen Mann. »Grüßen Sie Rafik von mir.«

Jan reichte ihm die Hand. »Alles Gute.«

»Euch auch.«

Sie konnten es brauchen.

Sem

Da waren sie nun. Nach so langer Zeit. Es war die richtige Insel. Hier gab es einen Steg, daneben stand eine Holzhütte. Trotzdem war niemand zu sehen. Die Hütte war leer.

Auch von Japhet fehlte jede Spur.

Jans Schiff konnte die Insel nicht alleine angesteuert haben. Aber wo sollten sie nach ihm suchen?

Helga und Jan marschierten einfach drauf los. Sem konnte nichts tun, außer ihnen folgen.

Jan stöhnte schon nach kurzer Zeit. Er humpelte und stützte sich beim Gehen auf einen Stock, um sein Bein zu entlasten.

»Wir sollten eine Pause einlegen«, sagte Helga.

Jan biss die Zähne zusammen. »Noch nicht.«

»Doch«, sagte Helga und setzte sich. Jan hockte sich neben sie. Er strich ihr über das Haar. »Davon hab ich geträumt. Wir beide auf einer einsamen Insel.«

Helga lächelte. »Klingt schön.« Sie schloss die Augen und spitzte die Lippen.

Sem wandte sich diskret ab. Er hörte ihre Küsse trotzdem.

Plötzlich ...

Helga und Jan stoben auseinander.

»Was war das?«

Sem rannte los und auch Helga lief in die Richtung, aus der das Geräusch kam, fegte einen Busch zur Seite und da stand er: Japhet.

Als hätte er dort schon immer auf sie gewartet.

Helga rannte ihn förmlich über den Haufen. »Du lebst.«

Japhet stand nur da, die Arme schlaff an seinem Körper, als würde er sie gar nicht richtig wahrnehmen.

Helga drückte ihn fester. »Du kannst dir nicht vorstellen, was passiert ist. Wen wir getroffen haben. Du wirst es nicht glauben. Es ist ...«

»Helga«, unterbrach Jan sie.

»Ich meine, du ... nicht so wichtig.« Endlich sah auch sie, dass mit Japhet etwas nicht stimmte. »Was ist los?«

Er starrte an ihr vorbei zu Sem.

Helga folgte seinem Blick. »Was siehst du?«

Sem kam auf Japhet zu.

»Keinen Schritt weiter!«, sagte Japhet.

Helga drehte sich im Kreis. »Mit wem redest du?«

Japhet zeigte auf den Busch neben Jan. »Mit Sem. Er ist bei euch.«

»Er ist hier?«

»Ja«, knurrte Japhet und verschränkte die Arme vor der Brust.

Toll. So hatte sich Sem das Wiedersehen mit ihm nicht vorgestellt. Was hatte er ihm getan? »Bist du sauer, weil ich nicht bei dir auf dem Schiff geblieben bin? Das hätte ich tun sollen, aber ...«

Japhet biss die Zähne zusammen. »Lass es.«

Er musste Schlimmes erlebt haben. Bestimmt hatte er auch viel zu wenig getrunken. Helga reichte ihm ihre Wasserflasche.

Japhet schluckte gierig.

»Jetzt wird alles gut.«

Helga

Es dauerte eine Weile, bis sich Japhet besser fühlte. Doch was er hatte, wollte er nicht sagen. Daher erzählten ihm Helga und Jan erstmal alles, was sie erlebt hatten. Von der Insel, von Ramish und seinem Schiff, wie sie es wieder flott gemacht hatten und hierhergekommen waren.

Japhet kratzte sich am Hinterkopf. »Ich bin etwas durcheinander. Wir sollten ...«

»Ja.« Sie stand auf. »Wir sollten endlich die Wahrheit herausfinden.«

Japhet zuckte zusammen. Was verheimlichte er ihnen?

»Lasst uns keine Zeit mehr verlieren.« Jan stützte sich auf seinen Stock.

»Was ist mit Sem?«, fragte Helga. Sie starrte in die Richtung, in der sie ihn vermutete.

»Der kommt natürlich auch mit«, sagte Japhet.

Sie marschierten los. Tiefer in den Wald hinein.

»Und wenn wir auf der Insel niemanden finden, wenn die ganze Reise umsonst war?«, fragte Helga nach einiger Zeit.

»Das war sie nicht«, sagte Japhet. Er quetschte sich durch ein paar Büsche.

»Wie kannst du dir da so sicher sein?«

Japhet trat zur Seite und zeigte nach vorn. Auf einen Zaun. Und auf viele kleine Hütten dahinter.

»Ein Dorf.« Helga strahlte.

Japhet lief zum Zaun und kroch unten durch. »Warte, Sem.« Sem hatte es wohl sehr eilig.

»Was sind das nur für merkwürdige Pflanzen?«, fragte Jan.

Helga hatte sie auch bemerkt. Blutrote Veilchen, so weit das Auge reichte. Besser nicht anfassen.

Vorsichtig kroch sie unter dem Zaun durch. Als sie auf die Veilchen trat, fühlte es sich an, als würde sie über Moos laufen.

»Da brennt ein Feuer.« Japhet zeigte mit dem Finger darauf.

Helga zögerte, doch ein Umkehren kam nicht in Frage.

»Also dann«, sagte Jan aufmunternd. »Ich humple voraus.«

Sie hatten das Feuer fast erreicht, als eine Stimme sagte: »Wer seid ihr? Was habt ihr hier zu suchen?«

Helga wirbelte herum. Niemand zu sehen.

»Sprecht?«

»Wir sind auf der Suche nach Aragin«, sagte Japhet.

Eine Fackel tauchte vor ihnen auf. Dann noch eine und noch eine.

»Folgt uns«, befahlen die Fackelträger und setzten sich in Bewegung. Helga und ihre Freunde liefen den Lichtern hinterher.

Links, rechts, rechts, links, an sämtlichen Hütten vorbei, bis sie das Feuer erreichten. Es loderte hoch in den Himmel. Drumherum versammelten sich Männer mit ihren Fackeln. Nur einer stand etwas abseits. Ein bärtiger kleiner Mann, der sie von oben bis unten musterte.

»Was wollt ihr von Aragin?«

»Wir haben einen Brief von ihm«, sagte Helga.

»Ihr habt was?«

»Nur so konnten wir euch finden.« Japhet zog den Brief aus seiner Hosentasche und reichte ihn dem Mann.

»Dear Sem«, las der Bärtige und überflog den Rest. Am Ende setzte er sich auf den Boden. »Das ist zweifelsfrei meine Handschrift.«

»Dann sind Sie Aragin?«, fragte Helga.

Der Mann nickte. »Der bin ich. Allerdings erinnere ich mich nicht daran, diesen Brief geschrieben zu haben.« Er wandte sich an einen der Fackelträger. »Bring mir eine Flasche von unserem Erinnerungstrank!«

Helga schluckte. »Ein Trank?«, fragte sie.

Aragin nickte. »Ein ganz seltener und besonderer Likör, der Erinnerungen nimmt, aber auch wieder gibt.« Mühsam stand er auf und betrachtete zunächst Jan, dann Japhet. »Also, wer von euch beiden ist Sem?«

Sem

Alles umsonst. Wie sollte Sem sein Gedächtnis wiedererlangen, wenn er den Trank nicht trinken konnte, der ihm helfen würde? Er starrte Japhet verzweifelt an. Aber Japhet schwieg.

»Also was ist jetzt?«, fragte Aragin.

»Sem ist tot«, sagte Helga.

Aragin runzelte die Stirn. »Wie bitte?«

»Er ist hier. Aber Sie können ihn nicht sehen. Er ist ein Geist«, antwortete Japhet.

»Ach so«, sagte Aragin.

Sem hatte mit einer anderen Reaktion gerechnet. Wer glaubte schon an die Existenz von Geistern?

»Wo ist er?«, fragte Aragin.

»Direkt vor Ihnen«, antwortete Japhet.

»Dann kannst du ihn sehen?«, fragte Aragin.

Japhet nickte.

Aragin starrte ihn an. »Stimmt. Du hast die Augen.« Er stockte. »Da ist noch etwas.« Er biss die Zähne zusammen. »Du bist ein Zauberer!«

Japhet wich einen Schritt zurück. »Haben Sie ein Problem damit?«

»Nein«, sagte Aragin.

Japhet verschränkte die Arme vor der Brust. »Das glaube ich nicht.«

Aragin entspannte sich. »Es ist einfach schon eine Weile her, mit einem Zauberer außer Ronko gesprochen zu haben. Aber kümmern wir uns zuerst um Sem.«

Sem horchte auf. »Gibt es eine Möglichkeit an meine Erinnerungen zu kommen?«

Japhet gab die Frage an Aragin weiter.

»Vielleicht. Kommt mit!« Er winkte sie an den Fackelträgern vorbei zu einer Hütte auf der anderen Seite des Feuers. Die Tür knarrte, als er sie öffnete.

»Nach euch.« Aragin machte eine einladende Handbewegung und Sem und die anderen kamen ihr nach.

Der Raum war voller Bücherregale.

»Mein Arbeitszimmer«, sagte Aragin. »Ich weiß nicht, ob sich Geister ausruhen müssen, aber ... bitte.« Er bat ihnen vier Stühle an. Dann ging er zu einem Kleiderständer, nahm den Helm, der darauf hing, und setzte ihn auf. An den beiden Hörnern, links und rechts, zog er ihn sich tiefer ins Gesicht.

»Dieser Helm ermöglicht dem Träger, einen Blick in die Vergangenheit seines Gegenübers zu werfen. Dinge, an die sich die betreffenden Personen selbst nicht erinnern. Ob er bei Geistern funktioniert, weiß ich nicht.«

»Versuchen wir es!«, sagte Sem.

»Nein.« Japhet sprang vom Stuhl. »Ich lasse nicht zu, dass Sie in Sems Gehirn eindringen und darin herumwühlen.«

»Japh!« Sem erhob sich ebenfalls. »Das ist meine Entscheidung.«

»Aber ...« Japhet trippelte von einem Fuß auf den anderen. »Was, wenn er etwas Furchtbares sieht?«

»Weißt du irgendwas?«, fragte Sem.

Japhet senkte den Blick und wurde rot. »Quatsch.«

»Also, was ist jetzt?«, fragte Aragin.

Sem setzte sich wieder hin. »Sag ihm, dass ich vor ihm Platz genommen habe.«

»Er sitzt vor Ihnen«, knurrte Japhet.

Aragin nickte und Helga und Jan wichen mit ihren Stühlen ein wenig zurück.

»Nimm meine Hand.« Aragin legte sie auf den Tisch.

»Okay.« Sem berührte sie leicht. »Und jetzt?«

Er wartete.

Zunächst passierte gar nichts, dann tauchte eine gläserne Kugel auf. Sie schwebte über dem Tisch. So eine Kugel hatte er schon mal gesehen. Aber wo?

Die Kugel stieg höher und höher und ...

Flirrte in ihrer Mitte ein Bild? Sem kniff die Augen zusammen. Mehrere Bilder? Bilder seiner Vergangenheit? Funktionierte der Zauber?

»Was sehen Sie?«, fragte Sem.

Aragin sagte kein Wort. Zwei, drei Minuten lang. Dann verschwand die Kugel wieder.

So plötzlich, wie sie gekommen war. Mist. Das war eine kurze Vergangenheit.

Sem starrte ihn fragend an.

Aber Aragin sagte immer noch nichts.

»Haben Sie etwas gesehen?«, wollte Helga wissen. »Irgendetwas? Vielleicht einen dunkelhaarigen Mann?«

Jan brachte Helga mit einer sanften Handbewegung zum Schweigen.

»Es tut mir leid«, sagte Aragin endlich. Er starrte von Sem zu Helga, von Helga zu Jan und von Jan zu Japhet. »Ich habe nichts gesehen.« Er massierte sich den Bart. »Es ist wohl doch nicht möglich, in den Kopf eines Geistes einzudringen.«

»Aber die Bilder«, erwiderte Sem. »Da waren Bilder.«

Japhet gab die Frage weiter.

»Die gehörten zu meiner Vergangenheit«, sagte Aragin. »Das kommt vor. Der Helm hat nicht funktioniert.«

»Schade«, sagte Japhet. Doch irgendwie klang er erleichtert.

Morsus

Hatte er sich täuschen lassen? Von seinem jüngeren Ich? Von sich selbst?

Nein! Er hatte es in Japhets Augen gesehen. Sie waren ein und dieselbe Person. Ihre Leben waren unumstößlich miteinander verbunden. Japhet hatte es eingesehen. Und auch, dass seine Freunde sterben mussten!

Er hätte früher mit sich Kontakt aufnehmen sollen.

Dann wäre vieles anders gekommen. Und er wäre längst zuhause.

Nun wartete er schon viel zu lange.

Warum hatte er Japhet erlaubt, mit den Dorfbewohnern zu sprechen? Was wollte der von diesen Verrätern?

Morsus stand vor dem Zaun der Siedlung und überlegte. Die ganze Sippschaft in Flammen aufgehen lassen? So wie er es schon einmal getan hatte? Vor langer Zeit.

Damals gab es keine Überlebenden. Außer Aragin. Um seine eigene Haut zu schützen, hatte er sie alle verraten. Elender Wurm. Dieses Mal würde er nicht davonkommen.

Aber noch durfte er ihnen kein Haar krümmen. Schließlich sollte Japhet nichts passieren.

Japhet

Japhet wälzte sich hin und her. Aragin hatte ihm ein Bett zur Verfügung gestellt. Genauso wie Helga und Jan, doch im Gegensatz zu den beiden konnte er nicht schlafen. Er musste mit Sem reden. Ihm sagen, was er wusste. Und ihre Freundschaft zerstören.

War Sem wirklich in die Vergangenheit gereist, um ihn zu töten?

Hatte der Mann, der vorgab er selbst zu sein, die Wahrheit gesagt?

Japhet schüttelte den Kopf. Tief in seinem Inneren wusste er es besser.

Er hasste ihn dafür.

Hasste sich selbst dafür.

Hasste die Welt.

Das war alles nicht fair.

Was sollte er tun?

Eine Welt, in der die Zauberer über die Gewöhnlichen herrschten!

Kein Wunder, dass die Gewöhnlichen jemanden losgeschickt hatten, um ihn aufzuhalten.

Aber warum Sem? Warum keinen Erwachsenen? Die ganze Geschichte war absurd. Und er hatte nur noch diese Nacht, bevor sein älteres Ich zuschlug.

Japhet stand auf und schlich zu Helga und Jan. Er starrte auf sie herab. Starrte lange auf ihre schlafenden Körper. Sie sollten Sems Eltern sein?

Er ließ sie schlafen und machte sich auf die Suche nach Sem, der sich wortlos vor einer halben Stunde davongemacht hatte. Wo mochte Sem hingelaufen sein? Japhet steckte den Kopf aus der Tür. Niemand zu sehen. Gut. Sie hatten den ausdrücklichen Befehl erhalten, in ihrer Hütte zu bleiben. Er schlüpfte nach draußen. Bog links ab, dann rechts.

Er erreichte den Marktplatz, in deren Mitte immer noch das Feuer brannte. Aber es war verlassen. Bis auf zwei Männer vor dem Tor, die Japhet schon bei ihrer Ankunft bemerkt hatte. Sie schliefen.

Schöne Wachen waren das, die ein Nickerchen hielten.

Japhet konnte es nur recht sein. Doch als er näher kam, stutzte er. Sein Körper versteifte sich.

Er lief zu ihnen. Starrte sie an.

Tot.

Die Brust verkohlt. Verbrannt mit einem Feuerball. Kein Zweifel, wer das getan hatte.

Morsus!

Japhet drehte sich um.

Helga, Jan. Er musste sie warnen.

Sem

Sem ließ sich von der verschlossenen Tür nicht aufhalten. Er marschierte hindurch und erreichte die Hütte, in der sich Aragin und seine Männer versammelt hatten.

Wie kleine Kinder waren er und seine Freunde ins Bett gesteckt worden. Etwas zu auffällig für seinen Geschmack.

»Aus welchem Grund bestellst du uns mitten in der Nacht hierher?«, brummte einer der Männer.

»Ja, worum geht es?«, verlangte ein anderer. Ein Monokel klemmte in seinem rechten Auge.

»Um die Zukunft«, antwortete Aragin. »Ich habe sie gesehen. Heute Abend. Im Kopf dieses Jungen. Und das, was ich gesehen habe, wird euch nicht gefallen.«

Sem zuckte zusammen. Aragin hatte gelogen! Der Helm hatte funktioniert!

»Ein Geist, der die Zukunft kennt«, sagte das Monokelgesicht.

»Interessant«, meinte ein dritter. Er war jünger als die anderen Männer und größer, obwohl er Asiate war. Schmale Augen, spitzes Kinn. »Dann ist Sem ein Gmaf?«

Aragin schüttelte den Kopf. »Nein, mein lieber Ronko. Und auch nicht, als er noch lebte.«

Ronko? Den Namen kannte er. Aber woher?

»Was ist er dann?«

Aragin atmete tief durch. »Sem kennt die Zukunft nicht nur, er kommt aus ihr.«

Ein Raunen machte die Runde und Sem verlor für einen Augenblick den Boden unter seinen Füßen. Hatte er den Mann richtig verstanden? Er kam aus der Zukunft? Sem kämpfte sich auf den Boden zurück und machte einen Schritt zur Seite.

»Wie ist das möglich?«, wollte das Monokelgesicht wissen.

»Habt ihr schon mal was von dem Rad der Zeit gehört?«

Ronko runzelte die Stirn. »Das ist ein Mythos.«

Aragin lächelte. »So wie die Marsiartárollen und die sehenden Helme der Sphinx, die sich in unserem Besitz befinden?«

»Das heißt ... mein Gott.« Ronko kämpfte mit den Worten. »Ein Junge aus der Zukunft. Was will er?«

»Jemanden töten«, antwortete Aragin trocken.

Sem schluckte.

»Wen?«, fragten die Männer gleichzeitig.

»Einen Zauberer.«

»Nein!«, sagte Ronko.

»Muss ein schwerer Schlag für dich sein.« Monokelgesicht starrte von Aragin zu Ronko. »Wo du dich doch so für sie eingesetzt hast? Tut mir leid, aber ich habs ja gesagt: Zauberer haben in unserer Zukunft nichts verloren.«

»Falsch. In der Zukunft seid ihr alle tot.«

Stille.

»Ich habe es gesehen. Das niedergebrannte Dorf, die verwüstete Insel, den Schrecken auf dem Festland. Gewöhnliche, die wie Sklaven schuften und Zauberer, die sich für Götter halten.«

»Das glaube ich nicht«, sagte Ronko.

»Du kannst dich gerne selbst davon überzeugen.« Aragin deutete auf seinen Kopf.

Ronko schluckte.

»Wir müssen den Zauberer töten, der hinter dieser Schreckensherrschaft steckt, oder besser gesagt, stecken wird«, sagte Aragin.

»Wo finden wir ihn?«, fragte Monokelgesicht.

»Sem hat ihn bereits zu uns geführt. Wir müssen ihn nur noch erledigen«, antwortete Aragin. »Es ist der Dunkelhaarige. Sein Name ist Japhet Morsus.«

Japhet

Japhet rannte, so schnell er konnte, den Weg zurück, den er gekommen war. Helga. Jan. Er musste sie warnen. Vor Morsus, vor ... vor sich selbst. Er hätte ihnen die Geschichte gleich erzählen sollen, als er sie wiedergetroffen hatte. Doch die Angst vor ihrer Reaktion ...

Er bog um die Ecke und knallte in Sem. *Durch* Sem hindurch.

»Scheiße!«, keuchte er, ruderte mit den Armen und fiel auf die Knie. Spitze Kieselsteine bohrten sich in seine Haut, doch er spürte sie kaum. Schnell stand er wieder auf. »Wir müssen zu Helga und Jan.« Er zeigte zur Hütte. »Sie sind in Gefahr.«

»Du auch«, sagte Sem. »Du musst sofort von hier verschwinden. Diese Leute sind verrückt, sie glauben, dass du sie alle töten willst.«

Japhet starrte ihn einen Moment lang an. Dann senkte er den Kopf. »Vielleicht stimmt es.«

»Was?« Sem klappte die Kinnlade herunter.

»Hör zu, ich ...«

Eine Tür quietschte.

»... ich erklär dir alles, wenn wir bei Helga und Jan sind.« Er ließ Sem nicht mehr zu Wort kommen und lief los.

Sie erreichten die Hütte. Die Tür stand offen. Hatte Morsus sie bereits gefunden? Japhet traute sich nicht hineinzugehen.

»Was ist?«, fragte Sem und verschwand hinter der Tür.

Japhet folgte ihm. Und atmete auf. Da lagen sie. Genauso wie er sie verlassen hatte. Lebend.

Er rüttelte sie wach. »Steht auf. Wir müssen hier weg.«

Helga und Jan öffneten die Augen. Irritiert starrten sie Japhet an.

»Schnell, sonst findet er euch.« Japhet schob ihnen die Schuhe vor die Nase. »Anziehen!«

»Wovon redest du?«, gähnte Jan. Er war verstrubbelt und der Abdruck des Kopfkissens zeichnete sich auf seiner Wange ab.

Sem stand mit verschränkten Armen neben ihnen. »Ja, sag schon?«

Japhet schluckte. »Von mir. Ich spreche von mir. Ich weiß jetzt, wer der Mann ist, der Sem getötet hat und euch töten wollte.« Er atmete tief durch. »Ich bin es!«

Sem schüttelte den Kopf. »Hast du dieses Märchen etwa auch gehört?«

Helga und Jan starrten Japhet verständnislos an.

»Das ist kein Märchen«, sagte Japhet. Da stürmten Aragin und zwei seiner Männer in die Hütte.

Spitze Speere zielten auf Japhet.

Sem stellte sich schützend vor seinen Freund.

Japhet trat durch ihn hindurch. »Du kannst mir nicht helfen.«

»Was wollt ihr von uns?«, fragte Helga. Sie stand auf und starrte Aragin an.

»Wir wollen nur den Jungen.« Aragin zeigte auf Japhet.

Helga trat neben ihn. »Niemals.« Jan folgte ihr.

»Aber deshalb habt ihr ihn doch zu uns gebracht.« Aragin trat einen Schritt näher. »Er ist der Mörder von Sem. Und seiner Eltern. Und vieler Anderer.«

Helga und Jan starrten Aragin an.

»Also das ist so nicht ganz richtig«, verteidigte sich Japhet. »Nicht ich, sondern mein älteres Ich hat das getan.«

»Dann leugnest du es nicht?«, fragte Aragin.

»Nein!« Japhet trat an Helga und Jan vorbei in die Mitte des Raumes und senkte vor Aragin den Kopf. »Töte mich!«

Aragin hob den Speer.

»Hier wird niemand getötet.« Ein schlitzäugiger Mann kam zur Tür herein. In einer Hand baumelte der gehörnte Helm, mit dem Aragin in Sems Gedächtnis herumgewühlt hatte.

Aragin wirbelte herum. »Ronko! Was soll das? Geh zurück an deinen Platz!«

»Ich kenne Sie«, sagte Japhet. »Sie haben sich vor einem Jahr als Bulle ausgegeben und im Kloster nach verborgenen Schätzen gesucht.«

»Sind wir uns begegnet?«

»Ihrem Partner Raymond.«

»Raymond war ein Scheusal«, sagte Ronko. »Ich habe viel zu spät bemerkt, dass ...«

»Schluss mit diesen alten Geschichten«, donnerte Aragin.

»Nicht bevor hier alle die Wahrheit kennen. Die ganze Wahrheit.« Ronko warf den Helm vor Aragins Füße. »Du hättest ihn nicht liegen lassen sollen. Jetzt kenne ich dein Geheimnis.«

Aragin öffnete den Mund, doch Ronko ließ ihn nicht mehr zu Wort kommen. »Alles, was Aragin gesagt hat, stimmt. Er hat euch nicht belogen. Die Zauberer werden in der Zukunft die Gewöhnlichen unterdrücken und Japhet Morsus wird als ihr Anführer erbarmungslos gegen sie vorgehen. Die Ursache allen Übels ist aber nicht Morsus, sondern Aragin.« Er funkelte Aragin giftig an. »Bist du mit deinem Ergebnis zufrieden, jetzt wo du die Zukunft kennst?« Er wandte sich wieder an Japhet. »Ich kann verstehen, warum dein späteres Ich die Gewöhnlichen hasst. Es liegt an Aragin. Er hat dich auf der Straße aufgelesen und - nachdem er erfahren hatte, dass du ein Zauberer bist - in Joshuas Labyrinth gesteckt. Ein Labyrinth der Angst. Die schlimmste Folter, die man sich vorstellen kann. Dann hat Aragin dich vor Zokling ausgesetzt. Einen sechzehnjährigen halbtoten Jungen. Er wollte damit einen Krieg anzetteln, hoffte, dass die Gewöhnlichen alle Zauberer umbringen. Doch Japhet Morsus erholte sich und ging in Zokling zur Schule. Der Krieg folgte mit einem mächtigen und unbeugsamen Morsus als Anführer. Doch anders als von Aragin erwartet, waren es diesmal die Zauberer, die über die Gewöhnlichen siegten. Die Gewöhnlichen hatten keine Chance. Zwar versuchte Aragin noch mit einer Schar ausgewählter Kämpfern - den Erlösern - gegen die Zauberer vorzugehen, doch am Ende blieb ihnen nur noch das Rad der Zeit. Aragin wollte seinen Fehler wieder gut machen.« Ronko wandte sich von Japhet zu Aragin. »Ich war die ganze Zeit nur ein Werkzeug für dich. Die Beziehung zwischen Zauberern und Gewöhnlichen ist dir scheißegal. Dabei dachte ich immer, dass du mich unterstützen willst.«

Aragin senkte den Kopf. »Ich wollte nur ...«

»Ich weiß«, antworte Ronko.

»Du kannst mich nicht für etwas verantwortlich machen, dass ich noch gar nicht getan habe«, sagte Aragin.

»Und wieso wolltest du dann Japhet töten?«

Darauf legte Aragin den Speer nieder.

Im selben Moment verbrannte ihm ein Feuerball die Brust.

»Das Schöne an Zeitreisen ist, dass man Widerlinge, die man längst getötet hat, noch einmal töten kann«, sagte eine Stimme. Sie kam von den Wänden, von der Decke, von überallher.

Morsus.

Morsus

Morsus ließ einen Kreis aus Feuer um die Menschen auf-
flammen. Nur Japhet würde die Hütte lebend verlassen.
Die Anderen mussten sterben. Aragins Körper zerbröselte,
an der Stelle, wo er gestanden hatte, lagen nur noch ein paar
qualmende Stofffetzen.

»Wer war das?«, rief Ronko.

»Zeig dich!«, sagte Jan.

Doch Morsus dachte nicht daran. »Ich bin das Feuer, das
euch umgibt«, zischte er. »Die Luft, die ihr atmet!« *Geatmet
habt.*

Er saugte den Sauerstoff aus der Luft und verwandelte
diese in eine gallertige Masse. Das Feuer erlosch und die
Anwesenden fielen luftringend auf die Knie. Auch Japhet.
Nur Sem blieb aufrecht stehen.

»Feuer, das euch umgibt. Luft, die ihr atmet«, wiederholte Sem plötzlich. Seine Augen glitzerten.

Konnten Geister weinen?

»Ich erinnere mich«, murmelte Sem.

Morsus nahm Gestalt an. »Ist das so?« Er trat Sem entgegen.

Helga und Jan drückten einander.

»Wie-ist das-möglich?« keuchte Ronko. »Ich-habe-Sie
gesehen. Sie sind der Mann aus-der-Zukunft.« Er deutete
auf Japhet. »Nur älter.« Er schielte zu dem Speer am Boden.

Morsus antwortete: »Ich hatte keine Ahnung, dass du ein
Zauberer bist, als ich dich in der Zukunft getötet habe.« Er
spuckte ihm ins Gesicht.

Ronko wischte sich den Speichel von der Wange. Dabei bückte er sich leicht, um den Speer aufzuheben.

Morsus lachte. »Ein Speer! Ernsthaft? Warum keinen Zahnstocher?« Er spreizte die Finger und der Speer verbrannte.

Japhet ballte eine Faust. »Ich werde nie so werden wie du.«

»Ich weiß«, antwortete Morsus gleichmütig.

»Unglaublich, dass ein einziger Junge, mich so verändern kann.« Er starrte Sem hasserfüllt an. »Du wirst gar nicht geboren werden!« Ein Feuerball wuchs aus Morsus Händen. Er schleuderte ihn auf Helga und Jan.

Japhet

»Nein!«, schrie Japhet und ihm gelang, was ihm noch nie zuvor gelungen war. Sein Körper löste sich auf und setzte sich vor Helga und Jan wieder zusammen. Der Feuerball traf ihn und er kippte mit dem Kopf voraus auf die Erde. Im Fallen sah er noch Morsus' entsetztes Gesicht. Es zerfiel zu Staub.

Sem

Er erinnerte sich. Erinnerte sich an alles. An seine Eltern. Seinen Bruder. Seine Familie. Wo er aufgewachsen war. Sein Zuhause im Wald. Neben dem Fluss. Gut versteckt. Damit Morsus sie nicht fand. Da war sein Zimmer mit dem Dachfenster, durch das er die Sterne beobachten konnte. Der Regen, der auf das Glas prasselte. Er erinnerte sich an die Nacht, an die letzten Worte seines Vaters. *Wenn alles gut geht, wird das hier nie passieren.*

Das Rad der Zeit. Wie er zu Aragin marschiert war. In die Vergangenheit gereist war. Japhet getroffen hatte. Es stimmte! Japhet und Morsus waren ein und dieselbe Person. Doch Morsus hatte sich in Luft aufgelöst, weil Japhet ...

Japhet! Er lag am Boden und rührte sich nicht. Er hatte sein Leben gegeben, um das von Helga und Jan zu retten.

Wenn alles gut geht ...

War alles gut gegangen? War das so geplant gewesen?

Und wie ging es jetzt weiter? Sem legte sich neben Japhet und hielt ihn fest.

»Mein Freund«, hauchte er schließlich.

Helga

Sie konnte sich nicht bewegen. Der Mann, der vor ihren Augen zu Staub zerfallen war, war doch nicht Japhet gewesen? Derselbe Junge, der sie gerettet hatte? Jetzt lag er am Boden.

Mit einem Loch in der Brust.

Jan sprang zu ihm und pumpte Luft in seine Lungen.

Japhets Blut floss über ihre Beine und es hörte nicht auf zu fließen.

Sie fiel auf die Knie. Schluchzte.

Ronko schob Jan sanft von Japhet weg. »Lass es gut sein.«

Keiner der Dorfbewohner sagte ein Wort.

Kraftlos rappelte sich Helga auf und fiel Jan um den Hals.

Beide weinten.

Als ...

»Was ist los?«

Helga wirbelte herum. Japhet? Das war doch Japhets Stimme.

Er stand vor ihr, die Hände lässig in den Hosentaschen vergraben.

»Aber ...«, stammelte Helga. »Du bist doch ... bist doch tot.« Sie starrte auf Japhets Körper. Er lag immer noch da.

»Was?«, fragte Japhet. Er folgte ihrem Blick. »Oh«, murmelte er.

Sem stand plötzlich neben ihm. »Anscheinend sind wir noch nicht bereit, diese Welt zu verlassen.«

»Ich kann euch sehen«, sagte Helga.

»Ich auch«, flüsterte Jan.

»Wie ist das möglich?«

Japhet zuckte mit den Schultern. »Da erlaubt uns jemand, Abschied zu nehmen.«

»Aber ...«, stammelte Helga. Sie blinzelte zu Sem. »Ich kann dich nicht noch einmal verlieren. Und Japhet dazu. Das pack ich nicht.«

»Diesmal ist es anders. Du hast Jan«, sagte Sem. »Tröste dich damit, dass es uns gut geht.«

Japhet nickte. »Sem hat nie in diese Zeit gehört und ich kann in Zukunft keine Dummheiten mehr machen. Alles ist so, wie es sein soll. Baut mit Ronko eine Brücke zwischen Zauberern und Gewöhnlichen. Dann wird alles gut.«

»Machen wir«, sagte Jan.

Japhet lächelte.

»Ich werde dich nie vergessen«, sagte Sem zu Helga. Er legte seine Handfläche auf ihre Handfläche. Dann wandte er sich an Jan: »Pass gut auf sie auf, ja?«

Jan nickte.

Licht flutete die Hütte.

Sem und Japhet gingen wie selbstverständlich darauf zu. Schwebten.

Wie Engel.

Dann waren sie weg.

Zwanzig Jahre später

Sem klebte seit Stunden am Fenster und starrte in die Nacht. Blitze zuckten über den Wald und entfernt grollte der Donner. Äste knackten und Zweige wirbelten in der Luft, als spiele der Wind mit ihnen Fangen; wieder und wieder knallten sie an das Fenster. Trotzdem wich Sem erst von der Scheibe, als es zu regnen begann und er nichts mehr sehen konnte.

Die Tropfen klatschten wie Hagel auf das Glas. In seinem Zimmer auf dem Dachboden hörte es sich an, als fielen Ziegelsteine vom Himmel. Doch nicht das Wetter hielt ihn wach, sondern die Gedanken an seinen Vater.

Er hätte ihn gerne begleitet. Aber nein, für seine Reisen war er noch zu klein. Als würde er noch Windeln tragen. Und dann musste Pa ihn auch noch daran erinnern, was das letzte Mal passiert war.

Dabei war es sein Bruder, der in den Fluss gefallen und fast ertrunken war, nicht er. Warum hatte er das seinem Vater überhaupt erzählt? Er hätte es ihm verschweigen sollen, genauso wie er ihm verschwiegen hatte, dass es eine Frau war, die seinen Bruder gerettet hatte. Eine schrullige Tante mit riesiger Brille, die Selbstgespräche führte.

Es klopfte.

»Semual?«

Sem zuckte zusammen und drehte sich um.

Seine Mutter stand an der Tür, eine warme Strickweste hing locker über ihrer rechten Schulter. »Du bist noch wach?«

Sem nickte.

Sie ging zu ihm ans Fenster und legte einen Arm um ihn. »Ein fürchterliches Wetter, was?«

»Das ist es nicht«, sagte Sem. Er liebte das Ferienhaus mitten im Wald, aber langsam wollte er zurück in die Stadt, zu seinen Schulfreunden, zu Pa.

Seine Mutter betrachtete ihre Fingernägel. »Ich verspreche dir ...«, sagte sie und wurde von lautem Donnern unterbrochen. Sekunden später waren nebenan Schritte zu hören.

Na toll, jetzt war auch noch sein Bruder aufgewacht. Er kam mit seinem viel zu großen Pyjama angelatscht, ein Buch von Sherlock Holmes in der Hand. »Liest du mir noch etwas vor?«, fragte er.

»Sicher Schatz«, sagte Ma.

Jemand rüttelte an der Haustüre.

Ma rannte aus dem Zimmer und lief die Treppe hinunter in die Küche. Die Tür flog auf und völlig durchnässt trat Vater ein. Er strahlte über das ganze Gesicht.

»Jan.« Ma fiel ihm um den Hals. »Du hier! Das ist ... Wie bist du ...«

Nur selten fehlten ihr die Worte.

Sem und sein Bruder stolperten die Treppe hinunter und bauten sich vor ihrem Vater auf.

»Na, meine zwei Großen, habt ihr mich vermisst?«

Sem stemmte die Hände in die Hüften.

»Ich hab euch etwas mitgebracht.« Er zog zwei Schokoriegel aus der Tasche. Sie hatten die Reise nicht überlebt.

»Hmm. Es ist der Gedanke, der zählt«, entschuldigte er sich. »Ich soll euch schöne Grüße ausrichten.«

»Von wem?«

»Onkel Ronko.«

»Wann kommt er uns besuchen«?

»Bald.« Pa sah zu Ma. Sie ging zum Herd und holte ein Handtuch.

»Wir haben es geschafft. Die Zauberer sind bereit, an die Öffentlichkeit zu gehen und ihr Wissen mit den Gewöhnlichen zu teilen. Ich war sogar schon in dieser Schule. In Zokling. Es war unglaublich. Ronko konnte sie endlich überzeugen.«

Ma reichte Pa das Handtuch. »Das ist ja wundervoll«, sagte sie. Sem glaubte ein paar Tränen in ihren Augen zu erkennen.

»Von was redet ihr da?«, fragte Sem.

»Wovon«, besserte ihn seine Mutter aus.

Sem verdrehte die Augen.

»Das ist eine lange Geschichte«, antwortete ihr Vater, während er sich die Haare trocken rubbelte. Er zog die Jacke aus und drückte sich fest an Mutter. »Was meinst du, Helga?«

Sie lächelte. »Setzten wir uns doch. Ich glaube, es ist an der Zeit, sie unseren Jungs zu erzählen.«

Sem und Japhet standen neben ihnen und hatten alles mitangehört. »Damit ist unsere Geschichte wohl zu Ende«, sagte Sem.

Japhet nickte. »Wir haben deinen Bruder gerettet, uns für die Zauberer eingesetzt und ...« Er seufzte. »Worauf warten wir noch? Wir sollten weiterziehen.«

Sem sah zwischen seiner Familie und Japhet hin und her.

»Ich will mich noch verabschieden.«

»Haben wir doch schon. Vor langer Zeit«, sagte Japhet.

188

Und er hatte natürlich Recht. Das war das Leben von Helga und Jan. Von ihren Kindern Sem und Jan Japhet. Der von allen nur JJ* genannt wurde.

Es war Zeit, ihren eigenen Weg zu gehen und ihr Geisterleben zu leben.

»Was hältst du von London?«, fragte Sem.

»Sherlock Holmes Haus?«, fragte Japhet. Sie grinsten beide.

»Lass uns aufbrechen.«

*Anm. des Autors

In der ersten Auflage von Semual Khan hieß JJ noch Bo.